사실은
집밥을 좋아하지만
지쳐버린 이들에게

사실은
집밥을 좋아하지만
지쳐버린 이들에게

고켄테쓰 지음
황국영 옮김

'요리를 참 좋아했는데, 관심도 많았는데.
언제부터인지 요리가 싫어졌어.'

이런 생각해본 적 없으세요?
이것은 당신의 탓도, 능력 문제도 아닙니다.
당신이 처한 환경 때문이죠.

·

고켄테쓰

차례

|

제1장

'○○해야 한다'는 생각과
이별하기

• 한국 독자 여러분께 •

모두에게 다정한 세상이 되기를

안녕하세요! 제 책을 읽어주시는 한국 독자분들께 진심으로
감사드립니다. 이렇게 기쁜 일이 또 있을까요?
아마 이 서문을 읽고 계신 분들은 가정에서 매일 식사를
준비하시는 분들이겠죠? 정말 고생 많으십니다.

여러분은 집안일과 식사 준비를 할 때 가족이나 파트너와
충분히 협력하고 계신가요?
가족 모두에게 "오늘도 맛있었어"라는 말을 듣고 계신가요?
"늘 고마워"라는 감사 인사는요?

만약 그게 아니라면 여러분에게 주방은 '고독한 전쟁터'가
되어 있을지도 모르겠네요.
매일같이 혼자 머리를 싸매며 괴로워하고 있을지도 모르고요.

저는 요리 연구가로 일하며 일본 TV와 잡지 기획 등으로
세계 30개국 이상을 여행하면서 각 지역의 식문화에 대해
배워왔습니다. 주로 아시아와 유럽을 갔는데, 가장 많이
방문한 나라는 물론 한국입니다.

가장 놀라웠던 점은 역시 한국의 풍요로운 음식이었습니다.
전통적인 식문화를 소중히 여기면서도 새로운 트렌드를
적절하게 접목해 진화를 거듭하는 모습이 정말 멋지더군요!

거기에 더해 젊은 셰프와 식당 경영자 모두가 독창적인
아이디어를 펼치며 미래를 향해 노력하는 모습을 보고 자극과
감명을 받은 기억이 선명합니다.

손님들이 길게 줄을 선 서울의 유명 식당 음식에 감격하기도
했고, 드럼통 위에 고기를 굽는 뒷골목 연탄 구이
삼겹살집에서 소주잔을 한 손에 들고 거나하게 취하는 기분도
정말 좋아합니다(웃음).

서울 외 다른 지역에서 접한 음식 문화에서도 많이
배웠습니다.
경상북도 청송에서는 지금껏 맛본 적 없는 '약수한방백숙'의

맛에 감동했습니다. 정말 훌륭했어요.

여러분은 다들 잘 아시겠지만, 철분과 미네랄이 풍부한 천연 탄산수 '달기약수'에 닭과 한방 재료를 넣어 압력솥에 끓인 음식이죠.

보들보들 부드러운 닭고기와 깊은 풍미가 우러나는 국물의 황홀한 맛이란! 몸이 기뻐하는 한식의 진수를 느낄 수 있었습니다. 약과 음식은 근원이 같다는, 그야말로 '약식동원藥食同源'을 체감하는 순간이었습니다.

충남 예산의 예당호 근처 식당. 눈 앞에 펼쳐진 호수에서 잡은 신선한 생선과 현지 채소를 아낌없이 넣어 만든 '어죽'도 비린내 하나 없이 정말 맛있었어요.

시원하고 매콤해 기분 좋은 맛을 내는 국물과 진하게 우러난 풍미는 좋은 재료를 쓰고 세심하게 손질했다는 증거겠죠.

죽에다 국수를 넣어 먹는 것이 놀라워 주인아저씨께 여쭤봤더니 식량이 부족하고 쌀이 귀하던 시절에 배를 채울 수 있도록 인스턴트 면을 넣어 먹은 게 그 시작이라고 하더군요.

아저씨는 "이런 식으로 먹는 건 우리 같은 아저씨 세대의 스타일이지. 요즘 젊은이들은 이렇게 잘 안 먹어"라고 덧붙이셨습니다.

그러고 보니……. 아저씨 말을 들으니 뜨거운 죽에 인스턴트 면을 넣어 땀을 뻘뻘 흘리며 드시던 저희 아버지 모습이 문득 떠올랐습니다.

아버지는 어린 시절부터 청년이 될 때까지 무척 고생하셨습니다. 이곳저곳 전전하며 밥과 애정에 굶주린 날들을 보내셨죠.
이후 자수성가하여 작은 공장을 세우고 큰 아쉬움 없이 살게 되었지만, 이 '아저씨 세대의 먹는 법'은 평생토록 사랑하셨습니다.
48세가 된 저 또한 이렇게 먹고 있다는 것은 역시 부모와 자식이기 때문일까요(웃음).

늦었지만 여기서 살짝 제 소개를 할까 합니다. 저는 일본 오사카에서 태어나고 자란 재일 한국인입니다.
그래서 우리 집 식탁 위에는 늘 어머니가 손수 만든 김치와 밑반찬이 잔뜩 차려져 있었죠.

부모님의 뿌리가 제주도이기 때문에 몸국이나 갈칫국을 먹으면 제 DNA가 격렬하게 반응합니다. 그리고 제주에 계시는 친척 아주머니가 자주 구워주시던, 햇볕에 말린

옥돔구이가 세계 최고의 생선 요리라고 믿어 의심치 않습니다.

저희 집안은 친척이 많아 그만큼 제사도 자주 지냈습니다.
게다가 아버지가 집안의 장남이었기 때문에 온갖 친척들이
조그만 우리 집에 쉴 새 없이 드나들었죠.
친척들이 모이는 날이면 남자들은 밤새도록 술을
마셨어요(웃음). 그러니 어머니와 여자들은 요리 준비부터
뒷정리까지 보통 고생이 아니었죠. 저러다 쓰러지지 않을까
싶을 정도로 지쳐 녹초가 되어 있던 어머니의 모습이
기억납니다.

어머니의 요리는 훌륭했고, 아버지와 친척 어른들을
존경했지만 어린 마음에도 '이러면 엄마만 너무 힘들잖아!
남자들도 일 좀 하라고!' 하는 불만을 항상 품고 있었습니다.
제가 어릴 때부터 주방에 들어가 어머니를 돕게 된 데에는
요리가 즐거웠던 것도 있지만 이런 마음도 크게 작용했는지
모릅니다.

요리 연구가로 활동하고 있는 지금, 제가 사는 도쿄에서 주변
가정을 둘러보니 맞벌이 생활을 하는데도 여성 혼자 가사와
식사 준비를 떠맡는 경우가 많더군요.

한국 가정의 상황은 어떤가요?
일본과 마찬가지인가요, 아니면 다른가요?

이 책이 일본에서 출간된 지 2년 반이 지났는데요. 뜨거운
호응에 깜짝 놀라고 있습니다.
이런 반향이 있다는 것은 집안일과 집밥 차리기에 쫓겨 몸과
마음이 지친 사람들이 상상 이상으로 많다는 뜻이겠죠.

일본 여성인 제 지인이 예전에 이런 말씀을 하셨어요.
"이제 '이래라저래라, 그렇게 하면 안 된다, 이렇게
해야 된다, 저렇게 해야 된다' 이런 말에 완전히 지쳤어.
집에서 집안일하고 밥 차리는 일이 얼마나 힘든지 좀
알아주면 좋겠어. 남 일이 아닌 우리 일이라고 생각하고
공감해줘야지."

저는 이 말을 항상 염두에 두고 집에서 힘겨워하는 여러분의
마음이 조금이라도 가벼워지길 바라는 마음을 담아 이 책을
썼습니다.
저의 진심이 한국 독자분들께도 전해지면 좋겠습니다.

그리고 언젠가 모두가 힘을 합쳐 집밥 만들기를 즐길 수 있는

환경이 되기를, 모두에게 다정한 세상이 되기를 바랍니다.

마지막으로 한국어판 서문 집필에 꼭 필요한 조언을 해주신
피아의 오오키 편집장님. 항상 감사합니다.
또한 이 책의 한국어판을 기획해주시고 만들어주신 박아형
디자이너님, 그리고 한국어로 옮겨주신 황국영 번역가님,
표지와 본문에 그림을 그려주신 임진아 작가님, 출판에
힘써주신 장종철 편집자님께 정말 감사드립니다.

2023년 1월 말

고현철

· (덧붙여) ·

제가 운영하는 유튜브 채널 'kohkentetsu kitchen'에서는 집에서 만들 수
있는 간단한 한국 요리 시리즈가 큰 인기를 얻고 있습니다. 이 책에도 나
물을 비롯해 손쉽게 만들 수 있는 찌개 등 여러 레시피 및 에피소드를 소
개했습니다. 다만 일본에 있는 슈퍼에서 쉽게 구할 수 있는 재료를 활용
해 일본인 입맛에 맞게 새로 구성한 레시피들이죠. 그러다 보니 '이건 제
대로 된 한식이 아니야!'라는 생각이 드실지도 모르겠습니다. 어디까지
나 일본 사람들이 좀 더 편하게 한국 음식을 접하기를 바라는 마음을 담
아 소개한 것이니 부디 양해해주시면 감사하겠습니다.

집밥에 쫓기다 보니

"이제 요리에 한계를 느껴요. 어떡하죠……?"

많은 사람이 모인 강연장에서 용기를 내 이런 고백을 해준
분이 있습니다.

사실 그분은 10년 전쯤 제가 진행한 요리 강연에
참가했었다고 합니다. 그 무렵 저는 강연을 통해 주로
가정식이 얼마나 소중한지 강조하곤 했습니다.

"여러분이 손수 만든 요리가 아이들의 몸과 마음을
한층 성장시킵니다. 그러니 조금씩이라도 직접 요리를
만들어주세요."

요리에 자신이 없어 고민하던 그분은 제 이야기를 듣고
본인의 생활을 바꾸기로 마음먹었다고 합니다. 가족을 위해
직접 요리를 하려 최선을 다했다고요.

그리고 10년 후.

다시 제 강연을 들으러 온 그분이 행사가 끝난 후 이어진 질의응답 시간에 위와 같은 질문을 던졌습니다. 그리고 이렇게 덧붙였습니다.

"하루하루가 너무 힘들어요."

예상치 못한 말이었습니다.

집밥의 힘을 널리 알리고자 했던 10년 전 저의 발언에 이런 압박을 느끼는 사람이 있다니……

정말 그래요. 매일 가족을 위해 열심히 요리해봤자 고맙다는 말, 맛있다는 말 한마디 듣지 못하고, 감사하기는커녕 간이 싱겁다느니, 짜다느니, 메뉴가 비슷비슷하다는 등 투정만 듣습니다. 마음에 안 들면 아예 손도 안 댈 때도 있죠. 먹고 나면 식탁을 같이 치우는 사람 하나 없이, 금세 각자 하고 싶은 일에만 몰두합니다. 정작 내가 좋아하는 음식은 먹지도 못하고, 가족들이 남긴 음식을 혼자 먹어치우는 나날들. 그리고 이런 상황에서도 매일 밥을 차려야만 하는 현실.

그 후로도 요리를 힘들어하는 사람들의 이야기가 여기저기서 들려왔습니다. 제가 미처 깨닫지 못했을 뿐,

이런 고민을 가진 분들이 많았을지 모릅니다.

생각해보면 저 또한 마찬가지였던 것 같아요.

10년 전에는 아직 아이도 없었고, 일로서 하는 요리든 개인적으로 하는 요리든 즐거웠습니다.

그러다 한 명, 두 명, 세 명의 아이가 태어났죠. 즐거움도 커졌지만, 가사와 육아에 필요한 시간 역시 점점 늘었습니다. 온종일 요리를 하면서도 가족들의 아침과 저녁 식사까지 준비하는 것이 당연해졌죠. '요리로 가족에 대한 내 애정을 표현해야 해. 나는 요리 연구가니까 보기 좋게, 영양도 균형 있게 맞추고, 가짓수도 가능한 한 많이 준비해야 해.'

언제부터인가 저도 이렇게 스스로를 몰아붙이고 있더군요.

저는 그 참가자와의 재회를 통해 다시 한번 '요리하는 이들에게 도움이 되는, 그들의 마음을 편하게 해주는' 활동을 새롭게 이어나가야겠다고 마음먹었습니다.

이 책은 요리가 괴롭다고 느끼는 분들에게 전하는 메시지이자, 제가 일상에서 느끼고 생각했던 내용을 엮은 에세이입니다. 저 역시 육아의 최전선에서 시행착오를 겪고 있는 사람으로서, 이 책을 읽는다고 모든 문제가 당장 해결되지 않는다는 사실을 잘 알고 있습니다.

다만 요리가 힘겹다고 느껴질 때 이 책이 여러분께 자그마한 도움이 된다면, 그래서 다시 한번 요리를 해볼까 하는 마음이 생긴다면 그보다 기쁜 일은 없을 것 같습니다.

제1장

'○○해야 한다'는 생각과
이별하기

1

왜 요리가 힘들까요?

요리할 의욕이 생기지 않는 환경

"매일 밥하기가 너무 버거워요."

"힘들어요."

요즘 이런 말을 자주 듣습니다.

강연회 참가자, 아이를 통해 알게 된 엄마들, 일터에서 만난 분들은 물론, 인스타그램 같은 SNS에서도 이런 말을 듣는 일이 잦아졌습니다. 지금껏 차마 말하지 못했을 뿐, 오래전부터 그렇게 느껴왔던 분들일지 모릅니다.

왜 요리가 힘들까요? 제일 먼저 떠오르는 원인은 우리가 집밥에 너무 높은 수준을 요구하기 때문인 것 같습니다. 저는 집밥, 특히 일본의 집밥을 '월드 와이드 하이 스펙 가정 요리'라고 부르곤 합니다. 일 때문에 여러 나라를 방문해보니 아시아, 특히 일본 가정 요리의 수준이 얼마나 높고 종류가 다채로운지 몸소 체험할 수 있었습니다.

그다음 문제는 요리하는 환경입니다. 육아와 마찬가지로 요리도 혼자 감당하는 경우가 많습니다. 제대로 준비하고 싶어도 심적으로나 시간적으로 여유가 없어 마음처럼 되지 않는 탓에 딜레마에 시달리고 있지는 않은가요?

또 한 가지 우리를 괴롭히는 것. 바로 '보이지 않는 압박'입니다. 가족을 위해 영양의 균형을 꼼꼼하게 따지고, 하나하나 손수 만들어야 한다는 부담감. 가게에서 파는 반찬이나 인스턴트식품을 구매할 때 느껴지는 죄책감. 이런 압박들 때문에 '내가 더 노력해야 한다'고 스스로를 몰아붙입니다. 그러다 결국에는 '그냥 내가 참는 수밖에 없어' 하고 자포자기하는 상황에 이르죠.

하지만 제가 가장 큰 문제라고 생각하는, 요리가 힘든 원인은 따로 있습니다. 바로 '먹기만 하는 사람'입니다. 요리하는 사람이 최선을 다해 음식을 차려도, 그저 '먹기만 하는' 가족들은 감사할 줄 모릅니다. 심지어 먹고 싶은 생각이 없다는 둥, 맛이 어딘가 어설프다는 둥 배려라고는 없는 말들을 내뱉기도 하죠. 이런 상황에서 요리할 의욕이 생기지 않는 건 당연합니다.

어떠세요? 여러분도 이런 일을 겪고 있지는 않나요? 여러분은 매일 이토록 수많은 괴로움을 극복하며 요리를 하고 있습니다. 어떻게 보면 요리할 마음이 생기지 않는 것도, 힘에 부치는 기분이 드는 것도 지극히 당연한 일일지 모릅니다.

"매일 밥하기가 너무 버거워요", "힘들어요"

지금껏 차마 말하지 못했을 뿐,

오래전부터 그렇게 느껴왔던 분들일지 모릅니다.

요리 연구가도
매일 요리하기는 힘듭니다

살아가는 것만으로도 충분히 벅차잖아요

제게 요리란 '즐거움'이었습니다.

제가 원하는 음식을 직접 요리해 먹을 수 있다는 사실이
늘 즐거웠고, 요리 연구가로 일하면서 다양한 레시피를
만들어가는 데 보람을 느꼈습니다. 정신없이 바빠도 충실히
하루하루를 보낸다는 만족감이 있었죠.

다만 이것은 어디까지나 아이가 태어나기 전, 아내와
이인삼각으로 일하던 시절의 이야기입니다.

그 이후에는…….

한 명, 두 명, 세 명의 아이가 태어났습니다. 그리고
'요리하기 힘들어', '메뉴 고민하기 귀찮아', '오늘은 밥하기
싫어' 같은 생각을 하는 날이 많아졌습니다.

제가 먹고 싶은 음식은 생각할 틈도 없이, 아이들의
호불호와 영양의 균형을 따져야 했죠. 가사나 육아에 쏟는
시간이 많아지면서 개인 시간은 물론, 요리를 즐길 여유조차
없어졌습니다.

매일 집에서 밥을 차리는 사람이라면(안타깝게도 엄마들이
이런 역할을 주로 맡을 듯한데요) 공감이 많이 되지 않나요?

우리 집 첫째 아이와 둘째 아이는 친구들에게 이런
이야기를 자주 듣는다고 합니다. "아빠가 요리 연구가면

맨날 맛있는 거 많이 먹겠다. 부러워!" 저 역시 "아이들이 참
행복하겠어요"라는 말을 많이 들어왔죠. 하지만 알고 보면
우리 집의 식탁은 놀라울 정도로 소박합니다.

　가장 자주 먹는 메뉴는 소금 혹은 간장으로 양념한 닭고기
구이, 거기에 된장국과 나물 몇 가지가 전부입니다.

　아이들이 집에 돌아온 후 잠들기 전까지는 이러나저러나
시간이 부족해서 짧은 시간 안에 뚝딱 만들어낼 수 있는
요리를 주로 합니다. 아이들 입맛에 맞춰 간단한 양념만
곁들이거나, 그저 먹기 좋은 크기로 자른 재료를 내놓는
날도 자주 있습니다. 가끔 촬영용으로 이런저런 아이디어를
가미해서 화려하게 만든 요리가 남아 있으면 상다리가 휘어질
정도로 성대한 저녁을 차리기도 하지만요.

　그러나 먹을 것에 모험심이 없는 우리 아이들은 그런
새로운 요리에는 손도 대지 않는 경우가 대부분입니다.

　솔직히 매일 먹는 식사는 소박한 식단으로도 충분하잖아요.
다만 그 소박한 식단조차 누군가는 차려야 하고, 그걸 차리는
사람은 가족의 건강과 취향 등을 고려하며 많은 고민을
합니다.

어찌 보면 매일 밥을 차리는 일은 끝나지 않는 전쟁을
치르는 것과 마찬가지 아닐까요? 끝없이 차리고, 차리고, 또
차려야 하니까요.

솔직히 매일 먹는 식사는

소박한 식단으로 충분하잖아요.

다만 그 소박한 식단조차 누군가는 차려야 하죠.

집밥을
너무 어렵게 생각합니다

매일 먹는 밥이 부담스러워지는 이유

최근 집에서 먹은 음식을 떠올렸을 때 "매끼 일식으로 해 먹었어요"라고 답할 사람은 그리 많지 않을 듯합니다. 이것이 바로 일본 요리가 꽤 만만치 않다는 증거입니다.

'어제는 햄버그스테이크, 오늘은 감자고기볶음을 먹었으니, 내일은 오랜만에 만두나 먹을까?'

이 경우 이미 양식에 일식, 중식까지 3개국의 요리를 소화하고 있는 셈입니다. 그야말로 월드 와이드!

사회가 풍요로워지면서 먹거리도 자연스레 풍성해진 것이라고 단순하게 생각할 수도 있지만 중국, 인도, 이탈리아 등 세계 각국의 다채로운 요리가 식탁에 오르는 것은 일본 특유의 스타일일지도 모르겠습니다.

문화적인 배경도 그 원인 중 하나겠지만, 여러 종류의 음식을 먹는 일이 너무도 당연해진 현대 사회에서는 '다양한 메뉴를 준비해야 해', '더 다채로운 방식으로 요리해야 해' 같은 부담이 많아지고 커지는 것도 사실이죠.

원래 집밥은 소박하게 차려 먹어도 충분했는데, 언제부터인가 균형 잡힌 영양과 다양한 가짓수를 요구하는 것 같습니다. 이런 상황에서 엄마 혼자 요리사와 영양사 역할을 도맡아야 하니 엄청난 부담을 느낄 수밖에요.

도시락을 싸는 일도 마찬가지입니다. 요즘은 아이를 위한 캐릭터 도시락이 등장해 예술적 재능을 요구받는 분위기까지 생겼잖아요. 요리 기술과 영양 지식, 예술적 감각에 야무진 손재주까지. 요구받는 것이 너무 많습니다.

여러분도 이런 부담, 느끼지 않으세요?

원래 집밥은 소박하게 차려 먹어도 충분했는데,

언제부터인가 균형 잡힌 영양과

다양한 가짓수를 요구하는 것 같습니다.

4

고독한 요리사

혹시 독박 요리를 하고 있진 않으세요?

집밥에 너무 높은 수준과 많은 기술을 요구하는 분위기가 요리를 힘들게 만드는 근본적인 원인이라고 말씀드렸는데요. 이 괴로움을 한층 더 증폭시키는 것이 바로 '독박 요리' 아닐까요?

비교적 '가정적인' 아빠라도 육아와 가사는 원래 엄마의 역할이라고 생각하는 분들이 아직 많은 것 같습니다. 캠핑 같은 비일상적인 환경에서는 적극적으로 움직이지만 평범한 식사 준비에는 관여하지 않는 아빠도 꽤 많고요.

일상적인 집밥 차리기. 이렇게 한마디로 정리하면 간단해 보이지만 현실은 그렇지 않습니다. 그저 '조리'만 한다고 되는 일이 아니죠. 메뉴를 정하고, 가격을 따져 장을 본 다음, 냉장고 속 재료들을 관리하며 식사 준비를 하고, 설거지와 주방 청소를 마치기까지, 할 일이 셀 수 없이 많습니다. 멀티태스킹이 필요한 일이죠. 요리를 담당하는 사람(아직은 대체로 엄마들이겠죠)이 혼자 해내야 할 역할이 지나치게 많아서 일방적인 부담감에 짓눌려 물리적으로도, 심리적으로도 괴로워지는 것입니다.

제가 요리 프로그램을 촬영할 때는 요리 준비와 설거지,

주방 청소를 푸드 코디네이터가 도와줍니다. 저는 요리만 하면 끝이라 정말 편하죠.

여러분도 분명 요리 프로그램처럼 모든 것이 준비된 환경에서 요리를 시작하고, 요리 외의 일에서 해방되면 마음이 훨씬 편해질 겁니다. 물론 현실적으로 어렵겠지만, 도와주는 사람이 단 한 명이라도 있으면 괴로움에서 벗어날 수 있을 거예요.

이런 생각을 굳히게 된 데에는 또 다른 강연회에서 만난 참가자의 한마디가 결정적이었습니다…….

비교적 '가정적인' 아빠라도 육아와 가사는

원래 엄마의 역할이라고 생각하는 분들이

아직 많은 것 같습니다.

5

괴로움이 미움으로 바뀔 때

'집밥'에 환상을 품고 있진 않으세요?

저는 일본 각지에서 행사를 할 기회가 많습니다. 요리 수업이나 강연 등 형식은 다양한데, 그때 참여해주시는 선배 부모님들께 많은 것을 배우죠.

어느 강연회에서 있었던 일입니다. 집밥을 해 먹는 것도 중요하지만 손도 많이 가고 만들기가 힘들다는 이야기를 열심히 하고 있을 때였어요.

"가족을 위해 없는 시간 쪼개서 열심히 메뉴도 생각하고 요리도 하지만 고마워하기는커녕 반찬 투정만 하죠? 아무런 보상도 없고요. 매일매일 이렇게 살아야 한다니, 그야말로 생지옥 아닌가요? 음식을 만드는 사람이 괴로울 수밖에 없는 이런 상황이 무척 유감스럽습니다. 스포츠 선수는 힘든 훈련 끝에 신기록을 내기도 하고, 예술가는 창작의 고통을 견뎌 참신한 아이디어를 발견하겠다는 꿈이나 목표가 있을지 모릅니다. 하지만 집에서 하는 요리는 어떤가요? 괴로움을 견뎌봤자 남는 게 하나도 없잖아요."

그때 객석에 있던 한 어머니가 절묘한 순간에 한마디를 던졌습니다.

"그 괴로움이 결국 미움으로 바뀐다고요!"

이 강렬한 한마디에 관객석에서 폭소가 터져나왔습니다.

남는 게 하나도 없는 줄 알았더니, 미움이 남을 줄이야!

"미움이요?"라고 되묻는 제게, "그러니까 남자들이 (집안일을) 좀 제대로 했으면 좋겠어"라고 말하는 선배 어머니.

강연장 안이 공감의 물결로 가득 찼습니다.

"말씀 감사합니다. 명언이네요."

저는 폭소와 공감을 불러일으킨 그 한마디에 집밥을 둘러싼 문제점이 모조리 집약된 듯한 느낌을 받았습니다.

요리를 만드는 사람은 의식적이든, 무의식적이든 '인내'하고 있습니다. 그 인내가 쌓이고 쌓여 결국에는 그저 먹기만 하는 이들을 향한 미움으로 변하는 것입니다. 너무 슬픈 일 아닌가요? 누구도 그런 상황을 바라지 않을 텐데 말이죠.

어쩌면 즐거운 식사 시간이나 집밥의 추억 같은 것은 '차려주는 밥을 먹기만 하는 사람들'이 멋대로 만들어낸 환상일지도 모릅니다.

집밥을 차리는 일이 생각만큼 쉽지 않다는 사실만이라도 알아주면 좋을 텐데요. 조금이라도 감사한 마음을 가지면, 정리나 설거지라도 함께하면 좋을 텐데 말이죠.

그날의 대화는 먹기만 하는 사람들의 의식이 바뀌지 않는 한, 현실은 변하지 않는다는 사실을 재차 확인하는 기회가 되었습니다.

6

나의 '선샤인'

요리를 하지 않을 자유도 있다

2018년에 프랑스로 취재를 떠났던 저는 그들의 식생활에 놀랐습니다. 버터와 잼을 바른 바게트와 커피. 이것이 전형적인 파리의 조식이더군요. 아이들은 대부분 시리얼로 아침 식사를 해결했습니다. 먹는 법이 간단하다 보니 아이 스스로 준비하기도 하고요.

놀라운 것은 아침 식사뿐이 아니었습니다. 평일에는 집에서 요리하지 않겠다고 선언한 사람들도 많았고, 점심과 저녁은 반찬 가게에서 파는 음식이나 냉동식품을 사서 식탁 위에 놓기만 하는 집이 많았습니다. 네, 정말입니다. 제가 취재한 곳 중 평일에 손수 음식을 만들어 먹는 집은 거의 없었습니다.

물론 이런 생활 방식에는 이유가 있습니다. 아이를 키우는 주요 층이라고 할 수 있는 40대 여성의 80퍼센트 이상이 일을 하고 있기 때문이죠. 그리고 프랑스어에는 '앙가제engagé'라는 말이 있습니다. 적극적으로 참여한다는 의미로, 주로 사회적·정치적 참여를 말할 때 쓰는 표현이라고 합니다. 프랑스 주부 중에는 이런 앙가제, 즉 여러 방면의 사회 활동에 적극적으로 참여하는 사람이 많기 때문에 요리할 시간적 여유가 부족하기도 합니다.

"그러면 자칫 균형 잡힌 영양 섭취가 어려울 것 같은데……"

이렇게 말하는 제게 인터뷰에 응했던 파리의 한 여성이 오래도록 잊지 못할 인상적인 말을 남겼습니다.

"집에서 밥만 해서는 나의 '선샤인'이 빛나지 않잖아요."

서, 선샤인이라고?

"그렇잖아요. 제가 빛나야 가족들도 빛이 나죠."

파리의 여성들과 대화하다 보면 10분 안에 이런 명언 한두 개쯤은 들을 수 있답니다. 그런데 생각을 한번 해보자고요. 과연 우리가 파트너에게 이런 말을 할 수 있을까요?

"오늘 저녁에 밥을 차리지 않은 건, 나의 선샤인이 빛나지 않아서야"라고요.

분명 말하기 쉽지 않을 겁니다.

제가 만난 프랑스 사람들은 기본적으로 가족 구성원 모두가 '가족과 이웃들, 사회가 행복해지려면 나부터 먼저 행복해야 한다'고 생각했으며, 자신의 기분을 최우선으로 여겼습니다. 결코 매일 손수 집밥을 차리겠다며 무리하지 않죠. 그래서 가능한 범위 내에서 가족과 파트너가 협력해 음식을 준비하고, 식사를 합니다. 몹시 인상적이었어요. 아무리 가족을 위하는 마음이 있다고 해도 현실적으로 가능한 일과 불가능한 일이 있고, 불가능한 일을 위해 무리할 필요는 없다는 공통 인식이 있는 것이죠.

무엇보다 '파트너 혹은 가족 간의 이해'가 중요하다는 느낌이 들었습니다.

그리고 이런 생각을 했습니다.

우리 주변의 여성들이 지나치게 열심히 요리하고 있는 건 아닐까? 너무 힘들거나 다른 일에 쫓겨 정신이 없을 때조차 무리하게 집밥을 차릴 필요는 없지 않을까?

"저도 안 할 수 있으면 안 하죠!"라는 목소리가 여기저기서 들려오는 듯한데요.

네, 압니다. "내 선샤인이 빛나지 않아서 식사 준비는 안 했어"라는 말을 이해해줄 가족이나 대신 밥을 차려줄 사람이 있다면 애초에 이런 걱정을 하지 않겠죠. 현실을 잘 알고 있긴 하지만, 엄마 혼자 독박 요리를 하고 가족들은 당연하다는 듯 먹기만 하는 이 상황을 그저 두고 볼 수만은 없습니다.

이 문제를 해결할 방법은 없을까. 조금의 힌트라도 찾을 수 없을까. 바로 이것이 제가 이 책을 쓰는 가장 큰 이유입니다. 파리에서의 경험을 통해 '요리가 힘겨울 때는 요리하지 않을 자유가 있다'는 말을 전하고 싶었습니다.

7

알 덴테 사건

꼭 고집할 필요가 있을까요?

딸아이가 대여섯 살쯤 됐을 때의 일입니다.

딸아이 선생님께서 이런 말을 전해주더군요. "렌짱이
아빠가 만들어준 토마토 파스타가 너무 맛있다고 매일
자랑해요!"

정말 귀엽죠? 저는 파스타를 좋아해서 자주 만들어
먹습니다. 그러다 보니 나름대로 면 삶기에 대한 기준이
있었고, 삶는 정도를 절묘하게 조절해서 가족들에게 최고의
파스타를 제공하고 싶은 욕심도 있었습니다. 알 수 없는
프로 의식을 집까지 끌고 들어오던 시기였죠. 아이들에게는
탄력이 적당히 있으면서도 부드러운 면이, 저와 아내에게는
살짝 씹는 맛이 있는 덜 익힌 알 덴테al dente 상태의 면이 딱
알맞았습니다.

하지만 육아란 좀처럼 마음대로 흘러가지 않는 법이죠.
완벽한 타이밍에 맞춰 면을 삶고 플레이팅까지 해놓았는데
노는 데 정신 팔린 아이들이 식탁에 모이지 않는다든지,
꾸물대며 밥 먹을 생각을 안 한다든지요. 으아아, 모처럼
정성을 다해 만들었는데!

애서 취향에 딱 맞게 삶아놓았는데 좀처럼 먹을 생각을

하지 않는 아이들. 맛은 점점 떨어지고, 그렇게 식어가는 파스타를 바라보는 저는 불만이 쌓여갑니다. 그런 제 모습을 보던 아내가 한마디 하더군요.

"애들은 알 덴테든 불어터진 면이든 잘만 먹는데, 뭐."

말도 안 돼.

아빠의 파스타를 좋아하는 이유가 완벽한 타이밍에 맞춰 절묘하게 삶은 면 때문이 아니었다고? 퍼진 파스타도 맛있게 먹는다고?

실제로 그날 아이들은 불어 터진 파스타를 잔뜩 먹었습니다. 맛있다는 말을 연발하면서요.

얼마 뒤 저는 나폴리탄 스파게티를 잘하는 가게에서 "전날 미리 면을 삶아두면 식감도 쫀득해지고 소스도 잘 스며든다"라는 말을 듣게 되었습니다. 괜찮은 방법 같았어요.

그날부터 기존에 내놓던 알 덴테가 아닌 미리 삶아 적당히 불린 면이 우리 집 파스타의 기본이 되었습니다. 덕분에 면이 삶아진 정도에 맞춰 급하게 요리하거나, 아이들이 식탁에 얼른 앉지 않는다고 짜증을 내는 일이 없어졌습니다. 오히려 적당히 불린 면을 다 같이 먹는 것이 더 맛있게 느껴지더라고요.

50

자신만의 고집을 버리고 나면 의외로 많은 것들이 눈에 들어옵니다.

요리할 때 지켜야 할 기준을 하나하나 따지기 시작하면 끝이 없습니다. 아무리 맛있는 요리를 만든다 한들 식탁에 긴장된 분위기가 감돌면 음식을 즐길 수 없죠. 자신만의 기준을 고수한 덕분에 더 즐겁고 맛있는 식사를 하게 된다면야 좋겠지만, 그 고집 때문에 누군가의 마음이 괴로워진다면 그야말로 주객전도 아닐까요.

알 덴테로 삶은 면이 꼭 먹고 싶다면 아내와 단둘이 파스타를 먹을 때 그렇게 만들면 됩니다. 아이들도 언젠가는 알 덴테로 삶은 파스타를 즐길지 모르죠. 그때그때 집의 상황이나 각자의 스타일에 맞는 음식을 만드는 것만으로도 충분합니다. 우리 가족에게 맞는 방식으로 새로운 균형을 찾으면 되니까요.

사소한 고집은 결국 자기만족일 뿐, 제가 추구하는 기준이 꼭 가족들이 원하는 기준은 아니라는 사실을 깨달았습니다.

8

초조한 원인이
혹시 '나'는 아닐까요?

이상과 현실 분리하기

알 덴테 사건을 통해 깨달은 사실은 '○○해야만 한다'는 생각에 지배당할 필요가 없다는 것입니다. 어쩌면 그런 것들은 자기만의 이상적인 생각에 지나지 않을지도 모릅니다.

어느 날 이런 일이 있었습니다.

혼자 저녁밥을 준비하고 있는데, 딸아이가 제 미간을 가리키며 이렇게 말하더군요.

"요즘 아빠가 요리할 때마다 여기에 주름이 생겨."

그 한마디에 정신이 번쩍 들었습니다. 정곡을 찔린 기분이었거든요.

알게 모르게 저는 요리하는 동안 잔뜩 예민해져 있었습니다. 그럴 때는 겉으로도 그런 모습이 여지없이 드러나버리죠. 그래서 제 나름대로 그 이유를 분석해봤습니다.

예전에는 가족들과 함께하는 저녁 식사 시간이 하루 중 가장 즐거웠다.

→ 첫째와 둘째가 유치원에 다닐 즈음에는 가족 모두가 모여 일찌감치 저녁 식사를 마쳤다.

→ 셋째가 태어나고 첫째, 둘째가 학원에 다니자 저녁 식사 시간이 늦어지고 짧아졌다.

→ 예전에는 부부가 같이 저녁 준비를 했는데 한 명은
아이들을 보고, 다른 한 명은 집안일을 해야 하는 상황이
되면서 혼자 식사를 준비하는 일이 많아졌다.
→ 더 이상 내가 꿈꾸던 저녁 시간을 즐길 수 없게 되었다.

이런 이유로 저도 모르게 짜증을 내는 일이 많아진 것이죠.
막상 적어놓고 보니 '겨우 이런 걸로?' 하는 생각이 절로
듭니다. 이런 사소한 이유라니. 하지만 이렇게 정리가 되니까
새삼스레 깨닫게 되더군요.

나는 맛있는 음식을 가족들과 함께 나누고 싶은 마음이
크구나. 이런 생각이 너무 큰 나머지 아이들이 어렸을 때 다
같이 둘러앉아 식사하던 과거를 지나치게 미화하고 있는 것
아닐까. 언제부터인가 내가 꿈꾸던 모습을 '함께 만들어서
함께 먹어야만 한다'는 의무감으로 멋대로 바꿔버린 것은
아닐까…….

이런 개인적인 바람을 가족에게 강요하고, 뜻대로 되지
않으면 짜증을 내는 모습을 딸에게 고스란히 들켜버린
것입니다.

아이들이 자라면 가족들이 함께하는 시간도 달라지는 것이
당연한데 말이죠.

아마 여러분도 저마다 이상적으로 생각하는 식탁의
풍경이 있을 것입니다. 이상을 꿈꾸는 것은 좋지만 그 이상을
무리하게 좇아서는 안 된다는 생각이 듭니다.

억지로 이상을 실현하려다 보면 '○○해야 하는' 것들만
점점 늘어날 테니까요.

가능한 한 식사를 손수 준비해야 해. 아이들이 좋아하지
않는 채소도 골고루 챙겨 먹여야 해. 인스턴트식품이나
냉동식품에 의존하면 안 돼 등등.

저 역시 '○○해야만 한다'는 생각에 매몰되어 스스로를
몰아세웠고 그 결과, 그렇게도 좋아하던 저녁 식사 시간이
괴로운 시간으로 변해버린 겁니다.

9

매일 삼시 세끼를
'제대로' 먹어야 할까요?

여러분만의 최적화된 스타일을 찾아보세요

어떻게 하면 '○○해야 한다'는 성가신 생각을 떨쳐낼 수 있을까요. 예컨대, 꼭 하루 세끼를 제대로 챙겨 먹어야 할까요?

'삼시 세끼가 가장 바람직하며 아이들의 식사 교육을 위해서도 꼭 필요하다'라고 단정 지어버리면 쉬는 날, 특히 연휴에는 아침, 점심, 저녁 계속 식사를 준비해야 하니 요리가 싫어질 수밖에 없습니다. 그렇지 않나요? 꼭 삼시 세끼를 먹어야 할까요? 우리 집 이야기를 해보겠습니다.

우선 아침 식사. 원래부터 대식가인 저는 아침에도 밥에 된장국, 나물 반찬 같은 것들을 배불리 먹고 싶은데요. 아이들과 아내가 빵을 좋아해서 아침을 늘 빵으로 먹습니다. 아이들이 원해서 떡을 먹을 때도 있는데 그럴 때는 아이들이 직접 챙겨 먹죠. 너무 편하답니다.

우리 집은 주로 빵과 함께 구운 양배추나 브로콜리를 먹습니다. 거기에 달걀프라이나 삶은 달걀을 곁들이는 게 기본 구성이에요. 프랑스 출장에서 '선샤인' 명언을 들은 후에는 요거트에 시리얼을 올려 먹거나 슈퍼마켓에서 파는 빵을 먹기도 합니다.

"요리사의 식단치고 단출하다", "요리를 너무 안 하는 것 아니냐"라는 말도 자주 듣지만 그런 날은 제 선샤인이 빛나지 않은 날이기 때문에 어쩔 수 없습니다.

다음은 점심 식사. 사실 저와 아내는 점심을 든든하게 챙겨 먹는 편이 아닙니다. 아무래도 체질인 것 같은데, 저는 밥을 먹으면 졸음이 쏟아집니다. 특히 점심을 먹고나면 바닥에 그대로 쓰러져 녹아내리듯 잠들고 싶어지죠. 오후가 되면 아무짝에도 쓸모없는 아저씨가 되고 맙니다.

아내도 점심을 많이 먹으면 몸이 무거워져서 일에 집중하기가 어렵다고 하길래, 저희는 주로 일하면서 만들어놓은 요리나 전날 먹다 남은 음식을 간단히 먹는 정도로 끝냅니다.

아이들은 평일 점심에 급식을 먹고요(급식은 정말 훌륭해요!).

요즘에는 휴일 점심 식사도 너무 애써 준비하지 않으려고 합니다. 저희 부부는 부엌에서 일하는 경우가 많아서 솔직히 쉬는 날에는 되도록 부엌에 있고 싶지 않거든요.

여러분도 마찬가지겠지만, 평소보다 늦게 일어난 휴일에는 아침을 먹고 치우면 금세 또 점심시간이 되잖아요. 준비와 뒷정리를 하다 보면 결국 휴일의 반나절을 부엌에서 보내기도 하죠. 게다가 아침과 점심 사이가 짧다 보니 정성껏 만들어도 음식을 남기는 경우가 많고요.

그래서 우리 집은 휴일 점심만큼은 부담 없이 해결하기로 했습니다. 공원에서 편의점 삼각김밥을 먹기도 하고, 토스트를 해 먹거나 밥 위에 낫토만 올려 먹기도 하죠. 이것도 충분히 괜찮은 식사라고 생각하려고 노력 중입니다.

저녁 식사는 제게 가장 큰 즐거움입니다. 그렇다고 늘 성대하게 차리지는 않고요. 신경 써서 요리하는 날도 있고, 일하면서 만든 요리를 함께 먹는 날도 있습니다. 물론 피곤할 때는 외식을 하거나 배달 음식을 시키기도 하고요.

우리 집은 이 스타일이 제일 잘 맞는 것 같아요.

덧붙여, 앞서 언급한 점심을 배부르게 먹으면 바로 졸음이 쏟아지는 현상에 대해 살짝 걱정이 되어 의사 선생님께 상담한 적이 있는데요. '애프터눈 딥afternoon dip'이라는 현상으로, 먹고 안 먹고에 상관없이 오후에 잠이 오는 것이라고 합니다.

그런데 의사 선생님이 "그렇게 걱정되면 점심을 안 먹으면 되죠"라고 충격적인 조언을 하셨어요. 물론 농담으로 한 말이겠지만 '먹지 않는다'는 선택지가 있다는 생각은 미처 못 해봤기 때문에 신선한 충격이었습니다.

여러분과 여러분 가족에게 최적화된 스타일은 무엇인가요? 어쩌면 삼시 세끼를 꼬박꼬박 알차게 차려 먹는 것만이 최고의 방법은 아닐지도 모릅니다. '○○해야 한다'라는 생각에

얽매이지 말고, '이 정도면 괜찮겠다' 싶은 방법을 새롭게
생각해봐도 좋지 않을까요?

'먹지 않는다'는 선택지가 있다는 생각은

미처 못 해봤기 때문에 신선한 충격이었습니다.

Simple is the best

밥도 반찬이 될 수 있어요

'식탁 위에는 항상 여러 가지 음식이 있어야 한다'는
생각 때문에 메뉴의 가짓수에 대한 고민을 하는 분이 많은
듯합니다.

"뭐야, 오늘은 군만두가 다야?"

이런 무심한 한마디에 울컥한 경험, 다들 있지 않으세요?
군만두는 보기에는 간단해 보여도 직접 만들려면 은근히
손이 많이 가는 요리입니다. 양배추, 파, 부추 등 많은 양의
채소를 잘게 다져 소를 만들고, 만두피에 넣고 하나하나
빚어낸 뒤, 모양을 예쁘게 잡아 프라이팬 위에 굽죠. 네,
꽤 번거로운 요리입니다. 많은 양의 채소와 다진 고기를
양념하려면 커다란 볼도 필요하고요. 만두를 싸기 위해서는
공간도 넓게 써야 합니다. 생각보다 할 일이 많습니다. 이렇게
정성, 시간, 공간이 필요한 요리를 할 때는 다른 메뉴까지
챙기기가 어려워요.

상다리가 휘어지도록 음식을 차린다고 알려진 진수성찬의
나라, 중국에 출장 갔을 때의 일입니다. 한 가정집에
방문했다가 이런 광경을 목격했습니다. 밀폐 용기에 가득
채워둔 차가운 물만두를 전자레인지에 휙 돌린 다음

양념을 넉넉하게 끼얹어 저녁 식사를 해결하는 모습이었죠. 반찬은커녕 쌀밥 같은 주식도 없더군요. 물만두를 아주 맛있게 먹는 아버지. 저는 그 모습을 보고 두 눈을 의심했습니다. 듣던 이야기랑 너무 다르잖아!

그런데 잠깐. 생각해보니 만두에는 채소와 고기가 듬뿍 들어갑니다. 만두피는 밀로 만들어져 있으니 탄수화물도 섭취할 수 있죠. 그러고 보면 만두야말로 메뉴 하나만으로 한 끼를 든든하게 채워주는 완전식품 아닐까요. 만두를 빚었다면 오늘의 요리는 끝! 그것으로 충분합니다.

다만 만두로만 배를 채우려면 꽤 많은 양을 만들어야 하니 만두를 먹는 날에는 밥 한 공기만 곁들여보세요. 그야말로 '만두밥'이죠. 시간과 마음의 여유가 있는 날에는 한 가지 정도만 메뉴를 더 준비해도 좋고요.

사실 강연회에서 이런 식으로 음식의 가짓수를 줄여 보자는 제안을 종종 하는데요. 많은 분이 아이들의 영양 섭취를 염려하면서 '적은 메뉴 = 허술한 식사 = 부모로서 자격 미달'이라고 스스로 단정 짓는 것 같습니다.

여기서 한 가지 짚고 넘어가고 싶은데요. 원래 한 끼에, 혹은 하루에 필요한 영양소를 모두 섭취하기란 그리 쉬운 일이 아닙니다. 우리 집만 해도, 최근 먹은 메뉴를 떠올려보고 갈색 육류를 너무 많이 먹었다 싶으면 그때그때 채소가 들어간 메뉴를 조금 더 늘립니다. 가끔은 채소 요리 대신 생오이 하나만 곁들이기도 하고요. 애니메이션 〈이웃집 토토로〉를 좋아하는 아이들은 의외로 즐겁게 오이를 먹더군요. 이것이 우리 집의 실상입니다.

"뭐야, 오늘은 군만두가 다야?"
이런 무심한 한마디에 울컥한 경험,
다들 있지 않으세요?

11

'심플'한 식단조차 힘겨울 때

가만히 서 있기도 힘든 날

월요일부터 일주일 내내 중요한 촬영이 이어져 아침부터 밤까지 일하고 귀가해, 집에서도 또 요리를 해야 했던 때의 일입니다. 정신없는 나날을 보내던 그 주의 금요일 저녁.

　일을 마친 후, 학원에 가는 아들의 도시락을 싸고, 딸과 함께 막내 아이를 데리러 어린이집에 들렀다가, 집에 가는 길에 다음 날 쓸 요리 재료를 사 와야 했습니다.

　'오늘은 늘 먹던 볶음 요리와 건더기를 듬뿍 넣은 수프를 먹으면 되겠다.'

　이렇게 생각하며 아이 둘을 데리고 재료를 잔뜩 사서 돌아왔습니다. 아내는 아직 밖에서 일을 하고 있었고요.

　집에 도착하자마자 막내 아이는 "노라조, 노라조(놀아줘, 놀아줘)"라며 끝없이 저를 공격했습니다. 방안에 널려 있는 장난감과 책가방. 조금 뒤에는 아이들이 어린이집에서 입었던 옷도 빨아야 하고, 욕실 청소도 해야 하는데. 아직 해야 할 일이 산더미 같이 남았는데…….

　버거운 상황에서 요리를 하려니 순간적으로 이런 생각이 들었습니다.

　'도이 선생님, 오늘은 국 하나, 반찬 하나도 무리예요…….'

평소에는 심플한 식단이라고 생각했던 '볶음 요리와 건더기를 듬뿍 넣은 수프'. 하지만 그날은 채소를 씻을 기운조차 나지 않았습니다.

아시는 분도 많겠지만 제가 존경하는 선배 요리 연구가, 도이 요시하루 선생님이 지은 『심플하게 먹는 즐거움』은 집밥 메뉴로 고민하는 전 세계 독자들에게 많은 용기를 주었습니다. 밥을 짓고, 건더기가 듬뿍 들어간 된장국을 끓이고, 염분을 섭취할 수 있는 절임 반찬이나 장아찌 한 가지만 곁들여도 충분히 균형 잡힌 식사가 된다고, 도이 선생님은 말씀하셨죠.

일본 가정식의 한 줄기 희망인 도이 선생님의 심플한 식단조차 만들지 못하는 저는 '요리사이기 이전에 인간으로서 자격 미달인 것 아닐까?', '못난 인간이라 죄송합니다'라며 자기혐오에 빠져버렸습니다…….

여러분도 이런 적 있지 않으세요?

집밥 중에 가장 심플하고 실속 있는 메뉴인 밥과 된장국, 절임 반찬 하나만 있으면 되는데, 이마저도 무리라고 느껴질 때가 있습니다.

그날 저녁은 결국 아이들의 뜨거운 요청에 힘입어 피자를 배달시켜 먹었습니다. 저녁 요리 재료를 다 사놓은 터라 돈이 두 배로 들었지만, 저도 편했고 아이들도 맛있게 먹었으니 그걸로 된 것 아닌가, 하는 생각이 들었던 밤이었습니다.

도이 선생님, 모쪼록 용서해주세요. 그리고 길 잃은 어린양에게 "그래도 괜찮아"라고 한마디만 해주시면 안 될까요?

길 잃은 어린양에게 "그래도 괜찮아"라고
한마디만 해주시면 안 될까요?

12

요리가 서툰 분들에게

충분해요, 잘했어요, 괜찮아요

원래부터 요리를 좋아하고 잘하는 분들, 식사를 차리는 일에 어떤 식으로든 즐거움과 보람을 느끼시는 분들. 그런 분들은 지금껏 그래왔듯 앞으로도 맛있는 요리를 만들어주세요. 아주 멋진 일이니까요.

반대로 원래부터 요리에 재능이 없거나 능숙하지 못해 고민하는 분들도 많을 텐데요.

애초에 요리 기술이라는 것 자체가 전문학교라도 다니지 않는 한, 어릴 때 학교에서 하는 실습 외에는 배울 기회가 많지 않잖아요. 그러다 보니 각자가 자기 나름대로 습득할 수밖에 없죠. 그런데 왜 다들 요리를 잘하는 것을 당연하게 여길까요? 특히 여성들은 아직도 이런 알 수 없는 압박에서 자유롭지 못합니다.

물론 요리 학원에 다니거나, 요리책을 사서 읽거나, 인터넷과 유튜브를 활용하는 등 다양한 선택지가 있기도 합니다. 하지만 이것도 다 개인의 노력이 필요한 일이죠.

저는 요리 연구가인 어머니에게 배우기도 했고, 다양한 나라의 요리책을 읽었으며, 해외에서 공부하기도 했습니다. 여러 방식을 통해 제 나름의 기술을 습득해왔죠. 지금도 매일 공부하고 있어요. 끝이 없으니까요.

생각해보면 생활 속에서 요리만큼 다양한 기술과 지식이 필요한 동시에, 당연히 잘할 것을 요구받는 영역이 또 있을까 하는 의문이 듭니다. 빨래나 청소도 힘들기는 마찬가지이지만 요리처럼 복잡하지는 않잖아요. 게다가 로봇 청소기나 전자동 세탁기 등 기술의 도움으로 점점 필요한 노동력이 절감되는 추세고요.

요리 분야에서도 식기세척기 같은 편리한 가전이 등장하고, 온라인 마트 등 편의 시스템도 갖춰지고는 있지만, 근본적인 지점에서는 옛날과 크게 다르지 않은 것 같습니다.

제철 재료와 영양, 재료 선별과 재료 손질 방법, 조리 기술과 절차 등 사람마다 정도의 차이는 있겠죠. 하지만 손재주가 있든 없든, 요리 순서에 익숙하든 익숙하지 않든, 요리가 좋든 싫든 식사를 기다리는 가족이 있는 한, 모두 똑같이 매일매일 음식을 만들어야만 합니다.

그러니 요리에 서툴고 자신이 없는 사람일수록 더 많이 노력하고 있는 것이라 생각합니다. 요리를 잘 못한다고 자책할 필요는 없어요. 자신감을 가지고 자신의 음식을 칭찬해 주셨으면 좋겠습니다.

생각해보면 생활 속에서 요리만큼
다양한 기술과 지식이 필요한 동시에,
당연히 잘할 것을 요구받는 영역이 또 있을까 하는 의문이 듭니다.

13

정성이 곧 애정?

'정성'이 뭐길래

"정성껏 손수 만든 요리가 곧 애정이다." 정말 이렇게 단언할 수 있을까요?

저는 공적으로든, 사적으로든 거의 매일 아침부터 밤까지 요리를 하는 사람입니다만, 손수 만드는 요리와 애정을 분리할 필요가 있다고 생각합니다. 요리는 요리, 밥은 밥일 뿐. 애정을 100퍼센트 보증해주는 것이 아니니까요. 애정의 크기와 손수 만든 요리를 별개로 인식해주셨으면 합니다.

제 강연에 온 참가자분이 질의응답 시간에 매일매일이 너무 바빠 아이들을 위해 직접 요리를 못 한다고 고민을 털어놓은 적이 있습니다. 그 고민은 '요리를 하지 않는 것=아이에 대한 애정이 없는 것'이라는 강박에 의한 불안에서 비롯된 듯합니다. 하지만 손수 만든 요리가 곧 부모의 애정의 크기라고 생각할 필요는 없습니다. 물론 애정이 담긴 음식을 먹이는 것이 훌륭하고 근사한 일임에는 틀림없습니다. 그러나 '손수 만든 요리=애정의 척도'가 아니라 '손수 만든 요리=여유의 척도'라고 보는 편이 맞지 않을까요?

현실적으로 손수 집밥을 준비할 때 필요한 것은 심적 여유와 시간적 여유입니다. 요리를 못하거나 좋아하지 않아도

마음과 시간의 여유가 있으면 '한번 만들어볼까' 하는 기분이
들지도 모르죠.

'더는 무리야. 귀찮아. 요리는 힘들어서 못 하겠어'. 이런
생각이 드는 엄마들은 어쩌면 그저 지금 여유가 없는 것일지
모릅니다. 주변에 정성스럽게 요리를 하고 손수 도시락을
싸는 엄마가 있다고 해도, 그 사람과 자신을 비교해 애정이
부족하다며 자기혐오에 빠질 필요는 없습니다. 그 사람은 그저
마음과 시간의 여유가 조금 더 있을 뿐이니까요.

그러니 요리가 서툴다고 해서 아이들에 대한 애정이
부족하다고 자책하지 마세요. 단지 지금은 자신의 능력보다 더
많은 일을 감당하느라 물리적으로 힘들 뿐입니다. 현실적으로
쉽지는 않겠지만, 당장은 조금이나마 몸과 마음이 쉴 수
있도록 자신을 위한 시간을 가질 필요가 있어요.

그럼 식사와 애정은 전혀 관계가 없는 것일까요? 아니요,
그렇지는 않습니다. 저는 '아이들의 포만감=부모의
애정'이라고 생각합니다.

배부른 식사를 할 수 있을 때 아이들은 애정을 느낄 거예요.
부모가 식사를 제대로 챙겨주지 않는 아이들은 애정을 느끼기
어렵죠. 아이가 배가 고파서 울고 있는데 부모가 휴대폰

게임만 하고 있다면, 그것이 애정 결핍의 원인이라고 해도 반론하기 어려울 것입니다.

그러니까 아이들이 만족하는 식사를 제공한다면 언제나 손수 만든 요리를 준비할 필요는 없다는 뜻입니다. 외식을 하든, 반찬 가게에서 파는 반찬이나 인스턴트식품, 그리고 가끔 과일이나 과자만 챙겨줘도 문제없습니다. 아이들이 "아 배부르다. 맛있게 먹었습니다!"라며 포만감을 느낀다면 그걸로 괜찮아요. 함께 먹을 수 있으면 더 좋고요. 그걸로도 당신의 애정은 충분히 전달될 테니 너무 걱정 마세요!
'뭐든 좋으니 아이들이 배부르게 먹도록 준비한다.' 이것만으로 아이들은 여러분이 사랑 넘치는 부모라고 생각해 줄 것입니다.

14

요리 연구가답지 못한 나

직업적 프로 의식을 집으로 끌고 들어오지 마세요

예전에는 제 마음 어딘가에 요리 연구가는 이래야만 한다고 정해놓은 모습이 있었습니다.

인터넷에서 다른 요리사의 근사한 식탁과 그것을 칭찬하는 모습을 보면 그렇지 못한 내 모습(한마디로 '내가 생각하는 요리 연구가의 기준에 못 미치는')에 초조함이랄까, 약간의 죄책감을 느꼈죠.

인스타그램 게시물은 일과 관련한 공지가 대부분이고 직접 만든 요리는 가끔씩 올립니다. 저 역시 근사한 일상 요리를 올려보고 싶기도 하고, 실제로 댓글로 "평소 식사 시간에 만드는 요리도 많이 올려주세요!"라는 요청을 해주시기도 하는데요. 그런데도 실천하지 못하는…… 여유가 없는 나…….

이런 기분을 떨쳐내기 위해 제가 시도한 방법은 요리를 세 가지 카테고리로 분류해 생각하는 것입니다.

첫 번째는 '일'로서의 요리.

저는 매일 여러 가지 요리를 고안하고 촬영합니다. 요청 사항에 응하기 위해, 도움과 기쁨을 주기 위해 다양한 요리에 도전하는 나날. 훌륭한 스태프들 덕에 근사해 보이는 멋진 요리가 완성됩니다. 이런 것들은 프로로서의 요리죠.

두 번째는 '취미'로서의 요리.

즐거움을 위해 사적으로 하는 요리입니다. 내가 먹고 싶거나 만들어보고 싶은 메뉴, 써보고 싶은 식재료 등을 사용해 음식을 만듭니다. 요리 연구도 겸하지만, 그 자체로 스트레스 해소가 되는, 어느 때보다 즐거운 시간이죠. 멋진 조리 도구나 그릇을 사용하면 기분도 좋아지고요. 성공적으로 완성하면 사진을 찍어 남기고 싶은 마음도 듭니다.

마지막 세 번째는 '집안일'로서의 요리.

매일매일 가족을 위해 만드는 요리입니다. 여유가 없어도, 내가 먹고 싶지 않아도, 피곤할 때도 해야만 하는 요리죠. 플레이팅이나 데코레이션은 나중 문제입니다. 무조건 짧은 시간에 가족들이 좋아할 만한 음식을 만들어 얼른 먹이고, 신속하게 치워야 합니다. 그릇도 사용이 편하고 쉽게 깨지지 않는 것들을 주로 쓰죠. 장인이 만든 고급 그릇을 써봤자 아이들이 금세 깨뜨릴 테니까요. 사진을 찍을 틈도 없거니와 찍는다고 해도 별로 예쁘게 나오지도 않습니다.

이렇게 다시 정리하고 보니 '요리 연구가로서의 일'과 '개인적 취미', '가족을 위한 집안일'이라는 세 가지 영역의 요리가 전혀 다르게 느껴집니다. 실제로 제 생활의 대부분을 차지하는 것은 '가족을 위한 집안일'로서의 요리죠.

저는 요리 연구가이기 이전에 아이들의 아빠입니다.
사적으로 하는 요리에서까지 요리 연구가다울 필요는 없다고
생각하니까 마음이 훨씬 편해졌습니다.

참고로 제가 인스타그램에 올리는 아이들의 간식 사진이나
유튜브에 올리는 아침밥 만들기 영상 속 보이지 않는
곳에는 장보기나 재료 준비, 엄청난 양의 설거지와 청소 등
자질구레한 일이 가득합니다. 어쩌면 모두가 매일 목격하는
그럴싸한 온라인 세상도 비슷한 처지가 아닐까요? 거기에는
제 경우와 마찬가지로 보이지 않는 가족과 일상의 이야기가
펼쳐져 있을지 모릅니다.

15

최선을 다해 칭찬해주세요

여러분의 노력이 당연해지지 않도록

제 아내는 캐릭터 도시락을 싸는 것을 아주 좋아합니다. 공공연하게 자기 취향에 너무 잘 맞는다고 말하죠.

아이들이 "○○ 모양으로 해줘!"라고 말하면 아침부터 열심히 동영상을 검색하고 그것을 보면서 야무지게 만들어냅니다. 저는 흉내조차 낼 수 없는, 상당히 퀄리티 높은 도시락이에요. "우리 엄마 대단하다~!" 하고 아이들이 감격해주는 것도 잠시, 이내 예상치 못한 문제가 생겼습니다.

처음에는 고양이나 곰돌이, 판다처럼 동그라미와 선으로 만들 수 있는 간단한 캐릭터에 만족하더니 점점 "미키마우스 도시락 만들어줘", "가면라이더로 해줘", "공주 캐릭터로 만들어줘" 하는 식으로 요구가 구체화되면서 매우 고난도의 캐릭터를 원하기 시작한 것이죠.

그렇습니다. 아이들이 엄마가 만들어주는 캐릭터 도시락을 당연하게 생각하게 된 거예요. 이윽고 더 큰 문제가 발생했습니다. 어떤 문제냐고요? 아이들이 의기양양해졌어요. 갈수록 당당하게, 그리고 당연하다는 듯 더 많은 요구를 하더군요.

엄마는 가족을 위해 최선을 다합니다. 그러면 한동안은

가족들도 아주 고마워하죠. 대단하다며 칭찬을 아끼지
않습니다. 그러면 엄마는 다소 무리를 하더라도 더 열심히
노력합니다. 가족들도 기뻐합니다. 엄마는 계속 애를 씁니다.
하지만 그사이 가족들에게는 엄마의 노력이 당연한 일이
되어버리죠. 요리뿐 아니라 모든 일상적인 집안일이 다 그렇지
않나요?

힘들고, 어렵고, 많은 시간이 드는 일들이 당연해지고,
손이 많이 가는 음식들도 당연하다는 듯 먹고 끝입니다.
그때 엄마가 느끼는 허무함을, 먹기만 하는 가족들은 알지
못하겠죠.

이렇게 '노력이 당연해지는 현상'을 방지하기란 좀처럼 쉽지
않습니다. 애초에 엄마가 힘을 낼 수 있는 이유는 '가족들이
기뻐하니까 만든 사람도 기뻐지는 즐거움의 순환'이 존재하기
때문이니까요. 가족들이 이것을 이해하고 감사해야 하는데
보통은 그렇게 해주지 않습니다. 그러니 엄마들도 가족들이
너무 의기양양해지지 않도록 예방 조치를 해둘 필요가 있어요.

모든 요구에 응하지 않아도 괜찮습니다. 무리하지 않는
범위에서, 할 수 있는 일만 해도 충분합니다.
'나는 오늘도 열심히 노력했어!'라는 생각이 드는 날에는

솔직하게 가족들에게 스스로 어필하세요.

"힘들긴 했지만, 오늘도 엄마는 모두를 위해 최선을
다했어!"라고요. 이것이 포인트입니다. 잘하는 것이 당연하고,
해주는 것이 당연한 것이 아님을, 많은 노력이 필요하다는
사실을 강조하는 거죠. "엄마 이것 좀 봐봐~"라고 말하는
아이처럼, 칭찬받고 싶은 마음을 표현해보세요.

가족들은 엄마를 사랑하니까 그 정성은 충분히 전달될
것입니다. 엄마의 노력을 느끼고, 인정하고, 자랑스럽게
생각할 거예요. 당연하다는 듯 요구를 계속하는 일도 없어질
테고요.

만약 이 글을 읽고 계신 아빠들이 있다면, 여러분들이
기억해야 할 임무가 있습니다.

"엄마한테 고맙다는 인사는 했어? 엄마 정말 대단하다,
그치?"

아이들에게 이런 말을 건네주세요. 저 역시 아빠이니
스스로도 유념하겠습니다.

16

유난히 힘든 도시락 문화

다른 나라 도시락을 참고해봅시다

일본 도시락은 세계 최고 수준입니다.

물론 다른 나라에도 도시락은 있습니다. 저는 취재를 위해 해외 가정을 방문할 기회가 많은데, 반찬이나 도시락을 보면 나라마다 그곳의 식문화가 잘 드러납니다.

당연하다고 할까요, 예상대로라고 할까요. 대체로 다른 나라의 도시락은 아주 소박했습니다.

프랑스 브르타뉴에 갔을 때 한 어머니가 초등학생 자녀에게 챙겨준 점심 도시락을 봤습니다. 그 지방 명물인 올리브유에 절인 정어리와 바게트를 통에 담아 가방에 넣어주는 것이 전부였어요. 참고로 정어리는 통조림이었고요. 그것을 빵에 끼워 먹는 간단한 점심 식사였습니다.

부탄의 어머니는 밥을 넉넉하게 담고 전날 저녁에 먹고 남은 케와다치, 그러니까 치즈와 함께 끓인 감자 요리를 도시락으로 싸줬습니다. 반찬은 한 가지뿐이었죠.

동남아시아 나라들은 저렴한 가격으로 밥을 사 먹을 수 있는 노점이 많습니다. 그래서 등교 시간이나 점심시간이 되면 초등학교 주변에 있는 이동식 노점에 사람이 몰리죠.

독일, 덴마크는 '콜드밀Cold Meal 강국'답게 간단한 샌드위치혹은 빵, 치즈, 햄 등을 도시락 통에 담는 것이 전부입니다.그걸로 끝이에요.

네, 다른 나라에서는 이렇게 간단하게 도시락을 싸거나 그냥사 먹는 경우가 많습니다. 이에 비해, 일본의 도시락은…….일본 엄마들은 노력을 많이 하는 것 같아요. 매일 아침마다아이와 남편을 위해 일찍 일어나서 도시락을 싸는 엄마들.정말이지 대단합니다.

보기에도 좋고 영양도 듬뿍! 맛있기까지! 가능하면 제품에의존하지 않고, 직접 만든 도시락을 가족에게 먹이고 싶은마음에 매일 머리를 싸매고 고민하죠.

채우기만 하는 것이 아니라 색감을 맞추고, 균형 잡힌영양을 고려하고, 반찬의 가짓수도 고민해서 손수 도시락을만듭니다. 보온 도시락에 담아 따뜻하게 먹을 수 있도록배려하기도 하고요. 솔직히 다른 나라에 비하면 무척이나고생스러운 일입니다.

애써 도시락을 만든 날은 스스로를 칭찬해줍시다. 내가지금 하는 일이 세계 최고 수준임을 기억하고 '오늘도 멋진일을 해냈다!'고 스스로 격려해도 좋습니다. 그리고 '오늘은 프랑스식', '오늘은 독일식' 이런 식으로 '심플한 도시락 데이'를 만들어보면 어떨까요? 의외로 가족들도 신선한 메뉴를 보고 기뻐할지 모릅니다.

매일 아침마다 아이와 남편을 위해
일찍 일어나서 도시락을 싸는 엄마들.
정말이지 대단합니다.

17

서로가 싫어하는 것을 공유한다

평생을 무작정 참을 수는 없잖아요

요리에만 국한된 것은 아니지만, 집안일은 유독 '열심히 해도 티가 안 나고, 안 하면 금방 티가 나는' 불합리한 일인 것 같습니다.

가족들이 음식을 먹으며 맛있다고 칭찬도 해주고, 지쳐서 요리할 기력이 없는 날에는 군말 없이 도와주면 얼마나 좋을까요. 직접적인 칭찬까지는 아니더라도 "이거 밥도둑이네", "난 이 반찬이 좋더라"라고 관심을 가져주는 말 정도만 해줘도 좋을 텐데요.

정작 현실은 정반대입니다.

정성을 다해서 만들어도, 반찬 수를 늘려봐도 그저 말없이 먹기만 합니다. 밥 먹는 시간이 조금 늦어지거나 가짓수가 적으면 "멀었어?", "이게 다야?" 같은 불평이나 늘어놓죠.

다 먹으면 소파에 앉아 텔레비전을 보거나 휴대폰이나 붙잡고 있고, 아무도 도와줄 생각은 하지 않습니다. 요리하는 사람에게는 하루하루가 인내의 나날이죠.

이러한 이상과 현실의 괴리가 우리를 힘들게 합니다.

감사의 말 한마디라도 해주면 조금은 마음이 편해질 텐데, 어쩌면 그런 인사를 듣는 것이야말로 가장 어려운 일일지 모릅니다. '맛있다', '고마워' 등 말로 감사와 칭찬을 하는 습관이 없는 사람은 그런 이야기를 입 밖으로 꺼내기가 쉽지 않으니까요. 마음속으로 생각하고 있더라도 왠지 민망해서 표현을 못 하거나, 말하지 않아도 알고 있을 것이라 믿거나, 그 이유는 각양각색입니다.

감정 표현하기가 창피하다는 말씀들을 많이 하시는데요. 이미 수 년, 혹은 수십 년을 함께 지내온 관계인 만큼 당연하게 여겨왔던 서로의 습관을 바꾸기는 어려울 것입니다. 당장 오늘부터 많이 표현해달라고 요구한들 간단히 성사되지는 않을 테죠.

파트너의 퇴근 시간이 늦어 물리적으로 요리를 함께 준비할 수 없는 경우도 많을 겁니다. 그런 상황에서 함께 식사 준비를 하자는 말을 꺼내기란 쉽지 않죠.

그럼 대체 어떻게 해야 할까요? 평생을 무작정 참는 수밖에 없을까요?

근본적인 해결은 불가능할지도 모르지만, 저는 부부의 가치관 차이에서 오는 문제를 조금씩이라도 바로잡아가야 한다고 생각합니다.

부부 사이에는 좋아하는 것을 나누는 일보다 싫어하는 것을 공유하는 것이 중요하다고 하죠. 모든 사람들의 일상에 적용할 수 있는 말일 텐데요. 본인이 싫어하는 행동을 상대가 하지 않는 것만으로도 불필요한 마찰을 피할 수 있습니다.

그럼 이것을 요리에 한번 적용해볼까요? 매일 밥상을 차리고 식사를 하면서 가족들의 이런 점이 싫었다든가, 이런 행동은 하지 않았으면 좋겠다고 느끼는 점은 무엇이었나요? 그 순위를 먼저 생각해봅시다.

"또 밀키트야?", "사 온 반찬인가 봐?"라는 말처럼 직접 요리하기를 강요하는 듯한 말투.
만들어놨더니 "너무 싱거워" 같은 불평을 늘어놓는 것.
요리하는 동안 자꾸 참견하고 잔소리하는 것.
식사 시간에 아무 말 없이 휴대폰만 들여다보는 것.
모처럼 만든 요리를 손도 대지 않고 남기는 것.

이 중에서 가장 스트레스를 주는 포인트를 가족들에게 확실히 전달해보는 거예요. 우선, 싫어하는 것을 가족들과 공유해야 합니다. 막연히 '이랬으면 좋겠다'라는 이상적인 행동을 바라기보다 당장 현실 속에서 가장 불편한 요소를 없애는 것이 의외로 효과적일 수 있습니다.

물론, 아무리 가족이라도 솔직히 말하기는 쉽지 않죠. 저도
잘 알고 있습니다. 괜한 싸움으로 번져 본전도 못 찾는 경우도
있으니까요.

제가 아내와 실천하고 있는 것은 두 달에 한 번 정도
간격으로, 별것 아닌 대화를 주고받으며 최근에 신경 쓰였던
일을 하나씩 서로에게 보고하는 일입니다. 불평이 아니라,
가벼운 대화 느낌으로요. 한 사람이 하나씩이라고 정해두면
의외로 불쾌할 일이 없습니다.

참고로 제가 얼마 전 들었던 말은 물을 마시고 나서 침대
옆에 컵을 두지 않았으면 좋겠다는 내용이었습니다. 늘 아내가
치웠던 모양이에요. 저는 딱히 의식하지 않았기 때문에 그
이야기를 듣고서야 깨달았고, 다음부터 조심하게 되었습니다.
이렇게 정기적으로 싫어하는 것을 공유하다 보니, 해를
거듭할수록 두 사람의 스트레스가 줄더군요.

'가족들에게 자신의 이상을 요구하기보다 현실 속에서
스트레스를 유발하는 요소를 공유한다'. 개인적으로는 이런
방법도 좋다고 생각합니다.

좋아하는 것을 나누는 일보다
싫어하는 것을 공유하는 것이 중요하다고 하죠.

18

가사 분담과 '능력 차이'

서툴면 서툰대로, 함께하는 것이 중요합니다

인터뷰를 하다 보면 "아내분과 가사 분담은 어떻게 하고
계세요?"라는 질문을 자주 받습니다. 가정에서의 역할 분담에
대해 설명하기 전에 우선 일에 대한 이야기부터 해보겠습니다.

저는 집에 꾸려놓은 키친 스튜디오에서 요리하고 촬영하는
것이 주요 업무입니다. 그밖에 취재나 원고 집필도 집에서
합니다. 강연이나 이벤트, 기타 미디어 관련 촬영 때문에
외부로 출장을 가는 일도 많고요.

아내는 제 매니저로 일하고 있습니다. 요리 보조, 전화와
메일 응대, 일정 관리, 전반적인 사무 작업 등 다양한 일을
하죠. 제가 요리를 직업으로 삼을 수 있는 이유는 아내가 많은
일을 맡아주기 때문입니다.

부부가 함께 재택근무를 하는 날도 많습니다. 좋든 싫든,
서로의 일정을 완전히 파악하고 있기 때문에 일에 관한
상의도 하면서 집안일과 육아를 분담합니다.

이런 상황이다 보니 저희 부부는 삼시 세끼를 차리는 일뿐
아니라, 대체로 확실한 구분 없이 대략적으로 일을 공유하고
있습니다. 보통은 짬이 나는 사람이 알아서 할 일을 찾아
합니다. 예컨대 한 사람이 요리하는 동안 다른 사람은 빨래를
하는 식으로 그때그때 효율적으로 집안일을 처리하죠. 각자

조금 더 잘 맞는 일을 골라 아내는 정리 정돈을, 저는 화장실 청소를 담당하는 등 대략적으로 영역을 나눠두기도 하고요.

가능한 한 각자의 부담이 50 대 50이 되도록 조정해 나가자는 암묵적인 동의가 있습니다. 그렇게 하지 않으면 일도, 가정도 제대로 돌아가지 않으니까요.

다만 제가 출장을 가면 그동안 아내가 모든 일을 도맡습니다. 그리고 육아 중에서도 학교, 학원, 공부에 관한 일은 아내가 전담하고 있기 때문에(스포츠와 놀이는 제 담당) 전체적으로 보면 아내의 부담이 커집니다.

애초에 부부가 업무를 함께한다는 자체가 다른 집과 다른 특수한 상황일지 모릅니다. 남편이 회사원이고 아내가 주부일 경우나 맞벌이를 하는 부부들에 비하면 요리를 포함한 집안일을 분담하기가 편한 환경이니까요.

그런데 저는 동시에 두 가지의 일을 하는 능력이 떨어집니다. 비효율적이라는 것을 알면서도 하나씩 차근차근 해나가는 방식으로 집안일을 처리하곤 하죠.

첫째 아들이 두세 살쯤 되었을 때였을까요? 그때는 요리를 하면서 아이를 달래는 요령이 없었습니다. 지금은 어찌어찌 동시에 하고 있지만, 당시에는 거의 패닉이었죠. 저와 달리

탁월한 능력으로 집안일을 동시에 처리하는 아내가 대단하게 느껴졌고 존경스러웠습니다.

저는 마감에 쫓겨 정신없이 원고를 쓰는 일이 많습니다. 그럴 때마다 아내는 요리를 하면서 빨래를 하고, 큰아이의 숙제를 봐주면서 작은 아이를 달랩니다. 저는 절대 할 수 없는 일이죠. 넓은 시야로 동시에 두 가지 이상의 집안일을 처리하는 엄마들. 그야말로 신처럼 느껴집니다.

저는 여러 가지 일을 동시에 진행하는 능력만큼은 유난히 탁월한 사람들이 따로 있다고 생각합니다. 저처럼 한 가지 집안일만으로도 버거워하는 사람들이 많다는 이야기를 자주 듣거든요. 집안일은 여성의 몫이라는 남성 중심적 사고와 무관심, 경험 부족이 이런 사례를 만들어내는 것도 사실이지만, 아무리 경험이 많아도 가사 및 육아 능력이 더 뛰어난 사람들이 있는 것 같아요.

그런 차이가 있음을 인정하더라도 아니, 그렇기 때문에 능력이 부족하다고 생각한다면 더 적극적인 자세로 함께 해결해나가는 것이 중요합니다. 그래야 비로소 서로에 대한 감사와 존경의 마음을 표할 수 있게 되지 않을까요?

19

도망칠 곳

힘들 때 기댈 수 있는 마법의 한마디

매일 집밥 만들기가 괴로워지기 전에 '도망칠 곳'을 적극적으로 만들어두기를 추천합니다.

지금까지 이야기해온 것처럼 집밥 만들기는 고독한 자신과의 싸움이자, 근거 없는 죄책감과의 싸움입니다.

'오늘은 뭘 먹지?'라는 생각이 드는 순간 시작됩니다.

'오늘은 그걸로 될까?', '영양소는 충분한가?', '균형 잡힌 식단인가?'

식사 준비를 하며 이런저런 생각을 하죠.

'어제 반찬은 가게에서 사 온 건데', '너무 고기만 먹나? 생선도 먹어야 하지 않을까?', '제철 재료를 더 많이 써야 하지 않을까?'

이런 고민이 부담으로 다가오는 경우가 많습니다. '○○해야 한다'고 고집을 부리다 보면 자신을 괴롭힐 수 있다는 말은 앞에서도 했었죠.

그러니 '밥을 차릴 마음이 들지 않을 때는 이 정도면 OK', '의욕이 안 생길 때는 이걸로 대신하자'라는 식으로 도망칠 곳을 최대한 많이 준비해두는 것이 중요합니다.

구체적으로 말하면 아이나 가족이 좋아할 만한 것 중,

요리를 안 했다는 죄책감을 덜어줄 만한, 이거면 됐다는
생각으로 자신을 용서할 수 있는 메뉴를 준비하는 겁니다.

가령 인스턴트식품에도 다양한 맛이 있잖아요. 그중 가족의
취향에 맞는 제품을 사놓는 거죠. 반찬 가게에서 반찬을
사더라도 맛있는 곳을 잘 고르면 근사한 메뉴가 됩니다.

우리 집 이야기입니다. 외갓집에 갔을 때 할머니가
아이들에게 인스턴트 치킨 라멘을 끓여준 적이 있었습니다.
아이들에게 인스턴트 라멘을 주면 왠지 모를 죄책감이 들어
우리 집에서는 거의 먹인 적이 없었는데 예상과 달리 아이들이
무척 좋아했습니다. 생글생글 웃으며 신이 나서 먹더라고요.
그 모습을 보고 있자니 '이 정도면 괜찮지 않나?' 하는 생각이
들었습니다. 그날 이후, 저희 가족은 점심 메뉴 리스트에 치킨
라멘을 추가했습니다.

마트에서 파는 닭꼬치나 크로켓, 아침 식사를 대신할
슈퍼에서 파는 빵도 저에게는 여차하면 기댈 수 있는 '도망칠
곳' 중 하나입니다.

마법의 한마디는 '이 정도면 괜찮지 않나?'랍니다.

집밥 만들기는
고독한 자신과의 싸움이자,
근거 없는 죄책감과의 싸움입니다.

20

'남성' 요리 연구가

요리에는 성별이 없잖아요?

저는 2005년에 독립해 오사카에서 도쿄로 상경했습니다. 당시에도 요리계 선두에서 활약하는 분들이 계시긴 했지만 남성인 요리 연구가는 아직 많지 않았던 것으로 기억합니다. 셰프나 요리 장인과는 다른 영역이다 보니 그때는 '요리 연구를 하는 남성이라니?', '여성이 하는 일 아니야?'라고 묻는 사람들이 꽤 많았습니다.

요리에 남성과 여성을 구별할 이유가 없는데도 남성이 가정 요리를 소개하니까 약간 어색하게 다가왔던 것 같아요.

가정 요리는 여성의 일이라는 생각 때문인지 제가 남성이라는 점이 유독 부각되곤 했습니다. 음식점 주방에서 일하는 건 괜찮지만, 집에서 부엌일을 하는 건 부정적으로 바라보는 시각. '남자답지 못하다', '너무 여성적이다'라는 말을 듣는 일도 많았어요.

남성은 요리를 일이나 취미로 하고, 여성은 집밥을 만드는 쪽이라는 일반적인 구별이 있었던 건지도 모르겠습니다.

의뢰가 들어오는 일도 '남자들이 기뻐할 만한 요리' 같은 기획이 대부분이었습니다. 집밥은 어디까지나 여성이 남성을 위해 만드는 것이니 여성들에게 맞춰 남성이자 요리 연구가로서 '남자들이 먹고 싶어 할 만한' 레시피를 소개하는 콘셉트가 많았던 것이죠.

그러나 시대가 바뀌었습니다. 남성인 요리 연구가들이 많아졌고, 남성 연예인들이 집밥을 소개하는 프로그램이 늘었으며, 집밥을 만드는 남성들에게 위화감을 느끼는 경우도 거의 없어졌죠. 남자들을 위한 요리를 준비하는 기획은 대부분 자취를 감췄고 남성 요리사, 여성 요리사의 구별도 희미해지고 있습니다. 이 모든 일들이 당연해졌어요. 요리 연구가로서 시대가 변하면 가치관도 변한다는 사실을 절실히 느끼고 있습니다.

이와 함께 집밥과 일상적인 식사에 대한 남성들의 자세도 바뀌면 좋겠습니다. 아니, 분명 바뀔 거예요.

제가 쓴 칼럼을 보고 남편 혹은 아들이 요리를 만들어줬다든지, 여자 친구나 자신을 위해 레시피를 참고했다는 이야기를 듣는 일이 많아졌습니다.

그래서 저는 희망을 품고 있습니다.

식사 준비는 이제 여성들만의 영역이 아니며 여성, 남성의 구별은 더욱 희미해질 테고, 모두를 위한 요리를 가족 모두가 만들게 될 것이라는 희망을요.

요리 연구가로서 시대가 변하면

가치관도 변한다는 사실을

절실히 느끼고 있습니다.

21

요리책이 사람들을
행복하게 만들 수 있을까?

딜레마에 빠져버렸습니다

제 첫 요리책은『행복해지고 싶으면 요리를 하자』입니다. 그때의 제 기분을 표현한 제목이죠.

하지만 그 후, 수십 권의 요리책을 출간하고 요리 연구가로 일을 계속하면서 이런 생각을 하게 되었습니다.

요리를 한다고 정말 사람들이 행복해질까?

요리책이 사람들을 행복하게 만들 수 있을까?

새로운 요리를 소개하면 할수록, 요리책을 쓰면 쓸수록, 하루하루 버티며 식사를 준비하는 사람들을 더 가혹하고 고독한 전쟁터로 몰아가는 것은 아닐까?

언젠가 이 세상은 너무 많은 레시피 정보로 넘쳐난다는 의견을 들은 적이 있습니다. 레시피가 너무 많아 오히려 메뉴 선정에 더 큰 부담을 느낀다고요.

인터넷에 '쇼가야키 레시피'라고만 검색해도 수백 페이지가 나옵니다. 정통적인 간장 베이스는 물론, 된장 맛, 카레 맛, 아시안 스타일, 서양 스타일 등 꼽기 시작하면 끝이 없죠. 물론 검색 결과 중에는 제 레시피도 있고, 쇼가야키만 해도 여러 종류가 올라와 있습니다. 편리한 면도 있지만 매번 그 많은 것들 중에서 우리 가족 취향에 맞으면서도 만들기 쉬운 레시피를 고르는 일은 지난한 작업입니다.

혼자 먹는 음식이라면 좀 실패해도, 맛이 좀 없어도 문제 없겠죠. 하지만 가족을 위한 요리에는 큰 책임과 압박이 따릅니다. 이런 생각을 하다 보면 레시피가 꼭 필요한가 싶기도 합니다.

방식과 메뉴를 바꿔가며 다양한 레시피를 제공하는 것이 정말로 사람들이 원하는 일일까?

요리를 통해 행복해진다는 것은 메뉴의 다양성을 살리고 요리 스킬을 키우는 것과는 무관한 일 아닐까?

지금 무엇보다 필요한 것은 집밥을 둘러싼 환경과 밥을 차리는 일에 대한 가족들의 사고방식 변화가 아닐까?

이런 생각이 강하게 듭니다.

한편으로는 매일 밥을 하는 것만으로도 힘든데 환경을 개선하고 가족들의 태도까지 바꿔야 한다니 새로운 과제만 더해 주는 것은 아닐지, 그러면 오히려 역효과가 아닐지 고민도 됩니다.

이러한 고민에 빠져 최근 몇 년 동안 괴로워하며 발버둥 치고 있었는데, 이 고민을 불식시켜줄 계기가 생겼습니다.

22

유튜브를 통해 알게 된 사실

만드는 사람이 행복한 레시피

혹시 매일 뭘 먹을지 고민하며 어떻게든 아이디어를 얻고 싶어 하는 사람들을 내가 몰아세우고 있는 것은 아닐까?

이렇게 자문하던 제가 하나의 답을 찾게 된 계기는 2020년 3월에 개설한 유튜브 채널에 동영상을 올리면서부터였습니다.

요리 연구가로서 자아를 표출하는 음식이 아니라, 지금 현실적으로 요리가 힘겹다고 느끼는 분들도 가벼운 마음으로 시도해볼 수 있는 쉬운 음식을 소개했죠. 불필요한 요소는 최대한 걷어내고 재료의 수와 요리 과정을 단순화한 레시피를 활용했습니다. 무엇보다 보는 사람들이 '저 요리 재미있겠는데!'라는 의욕이 들게끔 하는 영상을 만들고 싶었습니다. 지금도 이런 목표를 가지고 영상을 제작하고 있습니다. 그중 인기가 높은 몇 가지 메뉴를 소개합니다.

- 반찬을 단 3분 만에! 깜짝 놀랄 맛, 간단한 오이간장절임
- 10분 간단 요리! 채소를 듬뿍 넣은 밥도둑 돼지불고기
- 레벨이 다른 맛! 맥주 안주로도 최고, 궁극의 감자샐러드
- 칼도 필요 없다! 채소가 듬뿍, 초간단 10분 레시피! 양상추 돼지고기찜
- 프라이팬 하나로 뚝딱! 단 식초 & 타르타르소스를 곁들인 닭가슴살 치킨난반

주로 이런 영상들입니다.

아직은 반응을 살피는 중이지만 역시 많은 분이 좋아해주시는 콘텐츠는 오랫동안 사랑받은 기본적인 메뉴나 고기 요리 같이 친숙하고 단순한 메뉴인 것 같아요.

'칼이 필요 없는', '프라이팬 하나만 있으면 되는', '10분 안에 만드는' 간단하게 착착 해낼 수 있는 메뉴와 밥반찬도 인기가 좋습니다.

제철 채소를 충분히 섭취할 수 있고, 남녀노소 모두가 즐길 수 있는 메뉴를 준비하는 것도 포인트입니다.

역시나 품이 많이 들지 않고, 특별한 기술이 필요하지 않으면서도, 배부르게 먹을 수 있는 맛있는 음식이 최고인 것 같아요.

유튜브 채널을 만들고 얼마 지나지 않았을 때부터 각 영상마다 따뜻한 댓글이 쌓이기 시작했습니다.

"실용적이라서 도움이 된다."

"요리가 즐거워졌다."

많은 분이 남겨주신 이런 댓글 덕에 저도 기쁨과 힘을 얻고 있습니다.

제가 레시피를 올리면 얼마 안 가 "저도 따라 만들어

봤어요"라는 반응을 직접 확인할 수 있었습니다. 쌍방향 소통이 가능한 미디어의 장점이죠. 나아가 구독자분들에 의해 레시피가 더욱 진화하고 발전하는 걸 느낍니다.

한때는 '이제 요리책 같은 건 필요 없어지는 것 아냐?'라는 생각도 했었는데요. 제가 느끼기에는 레시피 자체가 필요 없어진다기보다, 요리가 버거운 상황을 개선하고 재미를 느낄 수 있게 해주는 '처방전' 같은 레시피, 만드는 사람의 마음에 스며드는 레시피가 필요해진 것이 아닐까 합니다.

여러분의 메시지를 통해 힘을 얻으며 제가 깨달은 점은 그저 요리를 한다는 자체만으로는 절대 행복할 수 없으며, 만드는 사람까지 행복하지 않으면 의미가 없다는 사실이었습니다.

따라 해보고 싶은 흥미로운 레시피, 가족과 파트너 등 든든한 조력자, 요리를 쉴 수 있는 휴일이 보장된다면 분명 모두가 행복해질 수 있다고 지금의 저는 믿고 있습니다.

» '채소 듬뿍 돼지불고기'의 레시피는 218쪽에서 만나볼 수 있습니다.

23

'스테이 홈'이 가르쳐준 것

가족 본연의 모습

이 책의 원고를 쓰는 도중 코로나19 팬데믹 여파로 어쩔 수 없이 집에만 있어야 했는데요. 아마 가정마다 다양한 변화를 겪었을 겁니다. 가족 모두 꼼짝없이 집에 모여 식사를 해야만 하는 이 상황은 현대 일본 사회에 있어서 꽤 큰 이슈였다고 저는 생각합니다.

일터나 학교에서 각자의 일정을 소화하며 스치듯 만나왔던 가족들이 모두 한집에 모여 삼시 세끼를 같이 먹어야 하는 급격한 생활의 변화. "우리 집 식탁이야말로 긴급사태다" 같은 목소리가 여기저기서 터져나왔습니다.

급식도 없고, 외식도 못 하고, 그렇다고 마냥 인스턴트식품이나 가게에서 파는 반찬에만 의존할 수도 없습니다. 매일 세끼를 꼬박꼬박 차려야 하는 상황이 되었죠. 할머니, 할아버지, 이웃의 도움을 받기도 어려워졌습니다. 요리를 담당하는 사람(대부분 엄마들)의 부담은 더욱 커져만 갔고, 매일 삼시 세끼 집밥을 차리는 힘겨움을 새삼 실감하게 되었죠.

하지만 한편에서는 이런 이야기들도 나왔습니다.

"제 파트너가 설거지를 하기 시작했어요"

"같이 요리하고 있어요"

"아이들이 식사 준비를 도와줘요"
"장보기를 도맡아줘요"

가족과 함께 생활하면서 누군가가 자신을 위해 밥을 차리고 뒷정리를 하는 모습을 눈앞에서 보게 된거죠. 이로 인해 지금까지 보지 못했던, 어쩌면 보려고조차 하지 않았던, 매 끼니 식사를 챙기는 사람의 버거움을 깨닫는 계기가 된 것 같습니다. 많은 이들이 팬데믹으로 인해 힘겨운 와중에도 묵묵히 가족을 위해 요리하는 존재가 있다는 사실에 감사함을 느낀 것 아닐까요?

그리고 '가족 구성원 각자가 할 수 있는 일을 분담하자'라는, 어쩌면 지극히 당연하지만 지금껏 미뤄왔던 생각을 가족끼리 공유하며 눈에 보이는 형태로 실천하게 된 것이라 생각합니다.

물론 '조건 없는 사랑'은 가족을 지탱하는 아름다운 마음입니다. 그렇지만 '스테이 홈'을 통해 서로가 서로를 지지하는 가족 본연의 모습에 대해 다시 한번 생각하는 기회가 된 듯합니다.

"제 파트너가

설거지를 하기 시작했어요"

24

우리 집밥이 뭐가 어때서!

우리만 괜찮으면 만사 OK

또 한 가지, 개인적으로 코로나19를 경험하며 달라진 점이라 생각하는 것이 있는데요. SNS 속 다른 사람들의 멋진 삶에 대한 막연한 동경이 조금 엷어진 것 같다는 점입니다. 위기 상황에서 다른 사람의 가치관이 우리 집까지 침투해 올 틈이 없어지고, 타인과 나를 비교하며 죄책감을 느끼는 일이 적어진 듯한 인상이랄까요. 특수한 상황을 겪으며 '다른 사람들은 다른 사람, 우리는 우리'라는 생각이 강해진 것 같아요. 그러다 보니 자기 자신과 가족의 가치관을 함께 만들어나가기 쉬워진 면도 있는 것 같습니다. 내가 기댈 곳은 결국 가족이라는 사실을 실감하게 되고요.

코로나19 이전의 세상과는 확실히 환경이 달라졌습니다. 지금까지는 가족 구성원의 역할 및 관계와 밀접하게 연관된 식사 환경조차도 쉽게 바꾸지 못했지만, 비상사태 속에서는 모든 일에 대해 '정말 필요한 것일까' 하는 생각을 하게 된 것 같아요.

이렇듯 환경이 바뀌면 가족들도 바뀝니다. 물론 펜데믹 사태가 수습되고 원래 생활로 돌아가면 가족들도 다시 원상태로 돌아가 혼자만의 고독한 싸움을 계속해야만 하는 상황이 올 수도 있겠죠. 하지만 가족들이 새로운 깨달음을 얻었고, 감사한 마음을 가졌다는 사실만큼은 절대로 잊어서는 안 됩니다.

매일매일 식사를 둘러싼 고민에 대해서도 '이것은 우리 가족의 문제고, 우리만 괜찮으면 만사 OK'라고 생각하려고 해요. 집밥을 매일 만들든 그러지 않든, 가족들에게 뭘 먹이고 누가 뭘 먹든, 같은 색의 반찬만 먹든, 냉동식품을 먹든 말이죠.

'우리 가족의 문제는 가족들이 가능한 선에서 분담해 해결하고, 자신이 맡은 일을 미처 하지 못했을 때는 그 일을 대신 해준 가족에게 감사하며, 너무 버거울 때는 쉬는 시간을 만든다, 매일 진수성찬을 즐기지 않더라도 완벽하지 않더라도 괜찮다.'

여러분도 이런 마음가짐으로 가족들이 좋아하는 요리, 내가 먹고 싶은 요리, 만들어보고 싶은 레시피에 도전하셨으면 합니다. 그러다 보면 이 모든 것이 '미래의 식탁'으로 이어질 거예요. 조금씩이나마 좋은 방향으로 바뀌는 부분이 생길 것입니다.

'우리 집밥이 뭐 어때서!'
우리 가족의 집밥에 더 자부심을 가져도 됩니다.

코로나19는 사람의 생명과 직업, 그 외에도 수많은 것들을
빼앗아 간 원망스럽기만 한 존재입니다. 하지만 그 속에서
가족들과 함께했던 시간만큼은 미래로 향하는 긍정적인
가능성을 보여준, 한 줄기 빛이었을지 모른다는 생각도
드네요.

이 모든 것이
'미래의 식탁'으로 이어질 거예요.

제2장

이상과 현실의 틈을
메우는 방법

'큰 그릇 요리'의 함정

산더미 설거지를 하지 않으려면

아직도 일본 가정 식단 구성은 밥과 국, 주요리와 곁들임 반찬이 주를 이룹니다. 밥은 밥그릇에, 국은 국그릇에, 주요리는 평평한 접시에, 곁들이는 반찬은 작은 접시에 따로 담는 것이 기본이죠.

거기에 젓가락과 숟가락, 마실 것을 위한 유리잔, 따뜻한 물을 위한 컵 등 다양한 기구와 식기를 사용합니다.

그렇습니다. 사용하는 식기가 너무 많아요!

그러다 보니 설거짓거리도 너무 많고요!

이것이 요리가 귀찮아지는 큰 이유 중 하나입니다.

여러분도 요리하는 그 자체보다 요리 준비와 식사 전후 정리가 더 힘들지 않으세요? 요리와 뒷정리는 한 세트니까요.

또한 요리하면서 쓴 조리 도구도 문제입니다. 물론 사용한 프라이팬이나 냄비를 식사 전에 어느 정도 씻어 부엌을 깔끔히 해두면 좋습니다. 그러면 식사 후 신속하게 정리할 수 있으니까요. 네, 모두 알고 있는 사실입니다. 하지만 요리하기도 버거운 데다가, 아이가 있으면 거기까지 신경 쓸 겨를이 없어요. 결국 마지막에 몰아서 하게 되니 시간이 더 오래 걸립니다.

저는 설거지의 수고를 조금이라도 덜고 요리를 즐길 수 있는 방법 중 하나로 '큰 그릇 요리'를 추천합니다. 모두가 먹을 수 있는 양을 큰 그릇에 담아 식탁 가운데 올려놓고 각자 알아서 덜어 먹는 뷔페 스타일로요.

하지만 큰 그릇 요리 '하나만 딱!' 놓는 스타일은, 자칫 잘못하면 오히려 더 많은 설거짓거리를 만듭니다.

가령 이런 메뉴가 있다고 합시다.

메인 요리는 마파두부, 곁들임은 계란국과 샐러드, 그리고 밥이라고 해보죠. 이 메뉴를 큰 그릇에 담아 각자 덜어 먹는 상황을 떠올려봅시다.

어떻게 될까요?

원래라면 큰 그릇 요리인 만큼 그릇 수가 줄어야 하는데, 마파두부용 개인 접시, 밥을 담을 밥그릇, 국그릇, 샐러드용 개인 접시가 사람 수만큼 필요합니다. 결국 한 명씩 식기를 갖춰놓았을 때와 같은 양을 쓰게 되죠. 오히려 가운데 놓은 큰 그릇까지 닦아야 하니 그야말로 역효과입니다.

그래서 '큰 그릇 요리' 스타일이 '산더미 설거지' 스타일로 바뀌지 않도록 기억해야 할 철칙을 알려드립니다.

① 큰 그릇 요리라고 꼭 큰 '그릇'을 쓸 필요는 없다. 프라이팬이나 냄비 그대로 상에 올린다.

② 개인 접시는 평평한 것으로 한 명당 하나씩!

③ 국물 요리나 물기가 많은 메뉴는 피한다.

④ 밥그릇을 따로 쓰지 않고, 밥도 ②의 개인 접시에 담는다.

이렇게 하면 4인 가족 기준으로 필요한 식기는 개인 접시 4개와 수저, 그리고 컵뿐입니다. 또한 음식을 만들 때 사용한 프라이팬을 식사 전에 씻어둘 필요도 없어지죠. ①처럼 프라이팬이나 냄비를 그대로 상에 올리는 것이 내키지 않는 분들은 일부러 식탁 한가운데 올려놓고 싶어질 만큼 마음에 쏙 드는 예쁜 냄비나 프라이팬을 하나쯤 구비하셔도 좋지 않을까요?

» '큰 그릇 요리' 레시피는 208쪽에서 만나볼 수 있습니다.

2

설거짓거리 줄이기

밥그릇을 생략했습니다

오직 밥을 담을 목적으로만 쓰는 것이 밥그릇용 사발이죠(일본에서 사발은 차를 마시기 위해 만들어졌다고 하지만요).

'밥그릇 하나라도 설거짓거리를 줄이고 싶어!'

우리 집은 5인 가족이라 그릇의 수가 엄청납니다. 밥만 담으려 해도 그릇 5개가 필요하니까요. 식사 후 설거짓거리가 벌써 5개나 생긴 것이죠.

'밥그릇을 꼭 써야 할까?'이런 말을 하면 일본 식문화가 어떻고, 전통이 어떻고 하는 이야기가 나올지도 모르겠습니다. 전통을 지키는 것도 좋지만 그것도 개인적으로 여유가 있을 때 가능한 것 아닐까요?

이 책을 통해 여러 번 말씀드렸지만 '○○해야 한다'는 실체 없는 기준에 사로잡혀 괴로움을 느낀다면 그런 욕심을 내려놓을 용기도 필요하다고 생각합니다.

'밥은 밥그릇에 담아야 한다.'

이것도 막연한 선입견일 수 있습니다. 지금은 요리를 하는 자체만으로도 버겁잖아요. '더 이상은 무리야!'라고 SOS를 치고 있는 상황이니 그 외의 교육이나 매너, 문화를 가르치는 것은 잠시 미뤄도 괜찮다고 생각합시다.

어느 날 저희는 밥그릇 없는 식사를 실천해보기로 했습니다. 밥그릇을 생략하고 밥도 반찬과 함께 개인 접시에 담기로 했죠. 그랬더니 마음이 조금 편해졌습니다. 설거지할 그릇의 수도 줄었고요. 우리 집의 경우, 밥그릇을 뺀 것만으로 설거짓거리가 5개 줄었습니다. 충분히 큰 변화죠.

플레이팅도 편해졌어요. 한쪽 끝에서부터 밥, 샐러드, 반찬 등을 하나의 접시에 담으면 되니까요. 예쁘게 쌓아 올리면 세련된 카페에서 나오는 메뉴 같은 느낌도 듭니다.

삼시세끼 전부 이런 식으로 먹을 수는 없겠지만, 적절한 메뉴가 있을 때는 '원 플레이트' 스타일로 차려보세요. 그러면 가족 수만큼 개인 접시 하나, 수프나 국을 담는 그릇 하나, 그리고 컵과 수저만 설거지하면 됩니다.

제가 방문했던 동남아시아 국가 중에서는 밥도, 반찬도 한 그릇에 담아 먹는 경우가 많았습니다. 국물 있는 메뉴가 있어서 맛이 조금 섞여도 크게 개의치 않더군요. 가끔은 밥 위에 수프를 얹어 먹기도 하고요. 참고로 저는 플레이팅의 편의를 고려해 원형보다는 타원형의 그릇을 추천합니다(208쪽 참고).

이처럼, 식사 매너나 문화적인 것들은 잠시 제쳐두고 밥그릇 하나라도 좋으니 설거짓거리를 줄이고 싶다는 마음이 들 때도 있답니다.

전통을 지키는 것도 좋지만 그것도
개인적으로 여유가 있을 때 가능한 것 아닐까요?

채소와의 전쟁

꼭 억지로 먹여야 할까요?

"아이들이 싫어하는 채소를 먹일 수 있는 레시피를 좀 알려주세요."

"어떻게 하면 아이들이 피망을 먹을까요?"

강연회나 이벤트에서 자주 듣는 질문입니다.

아이들의 입맛은 영원한 수수께끼죠. 아마 비슷한 고민을 품고 계신 분들이 많을 것 같아요. 도대체 왜 이렇게 채소를 싫어하는 아이들이 많을까요?

답은 '미각의 기능'에 있습니다. 제가 예전에 한 TV 프로그램에 출연해 알게 된 사실인데요. 미각의 최대 기능은 몸에 유해한 성분 즉, 과도하게 신 음식(썩은 것)이나 쓴 음식(독성이 있는 것)을 섭취하지 않기 위함으로, 목숨을 지키기 위한 최종 방어벽이라고 합니다.

저항력이 없는 아이들의 미각은 어른들보다 민감하고 기능도 더 발달해 있다고 해요. 그래서 아이들은 시거나 쓴 것을 입에 넣으면 구역질을 하는 습성이 있다고요.

신 과일이나 쓴맛이 강한 피망을 먹지 않는 것은 지극히 정상적인 반응입니다. 자신의 몸을 지키기 위한 방어 본능이자, 일종의 생리 현상이라는 거죠.

아이들이 갑작스레 화장실에 가고 싶다고 하는 것과 크게 다르지 않습니다. 그럴 때 "그냥 참아"라고 말하는 분은 없잖아요. 아이들이 채소를 싫어하는 이유가 미각이 정상적으로 발달 중이라는 증거라고 생각하니, 아이들에게 억지로 채소를 먹이지 않아도 된다는 사실에 마음이 편해졌습니다. 물론 편식을 하지 않는 게 제일 좋겠지만, 너무 심각하게 생각할 필요는 없지 않을까요. 억지로 먹였다가 역효과가 일어날 수 있습니다. 억지로 먹은 음식에 대한 거부감이 강해져서 더 싫어할 가능성이 있으니까요.

그러니 부모님들이 무리해서 해결할 문제는 아니라고 생각합니다.

제 지인의 이야기입니다.

어릴 적 완두콩을 아주 싫어해서 보기만 해도 속이 메슥거리는 정도였다고 해요. 급식으로 완두콩을 넣은 밥이 나오는 날은 지옥 같았다고요. 완두콩을 따로 모아 입 안에 쑤셔 넣고 숨을 꾹 참은 다음, 음료와 함께 삼키거나 입 안에 숨겨두었다가 쉬는 시간에 휴지에 몰래 뱉는 등 온갖 수단을 다 써서 억지로 버텼다고 합니다.

급식을 먹는 생활이 끝난 후에는 싫어하는 채소 정도는 걸러낼 수 있으니 딱히 완두콩 편식을 고칠 일이 없었죠. 그런데 업무 관련 자리에서 식사 대접을 받던 날, 오랫동안 피해온 완두콩과 맞닥뜨리게 되었답니다.

괴로운 기억이 되살아났지만 손수 음식을 준비해주신 데다가, "완두콩이 제철이라 맛있을 거예요"라며 권하기에 먹지 않을 수 없었던 모양이에요.

언제든 마실 수 있게 차를 준비해두고 눈 딱 감고 한입 먹어 봤는데, 포슬포슬한 식감과 은은한 달콤함, 그리고 강렬한 콩의 풍미가 느껴졌다더군요.

괴롭기는커녕 감격할 정도로 맛있었다고요. 너무 맛있어서 그날 이후 완두콩을 아주 좋아하게 되었고, 봄이 되면 꼬박꼬박 완두콩을 먹는다고 합니다.

그토록 싫어하던 완두콩. 어쩌면 어릴 적 먹은 콩이 통조림 콩이나 냉동 콩일지도 모르고, 처음 먹을 때의 환경과 방식이 좋지 않았을 수 있습니다. 만약 그 지인이 어릴 때 신선한 완두콩을 좋은 분위기에서 먹었다면 즐겨 먹는 채소가 되었을지도 모르죠.

하지만 이 이야기를 소개한 목적은 아이들을 위해 제철 채소를 먹여야 한다거나, 채소에 대한 좋은 첫인상을 심어줘야 한다는 말을 하고 싶어서가 아닙니다. 어쩌면 지인이 신선한 완두콩 맛에 감동한 까닭은 어릴 적 그토록 싫어했던 맛의 기억 때문일지 모르니까요. '너무 싫은 맛'이 '맛있다'로 바뀌는 그 순간은, 지금도 생생히 기억할 정도로 인상적인 경험이었다고 합니다. 그런 기분은 좀처럼 느끼기 어렵죠.

어린 시절 싫어하던, 입에 안 맞는다고 생각했던 그 맛이 나중에 어떻게 다가올지는 아무도 예측할 수 없습니다. 물론 평생 싫어할 수도 있지만 어릴 때의 미각은 기분에 따라 얼마든지 바뀔 수 있고 성장에 따라 시시각각 변합니다. 부모님이 편식에 대해 지나치게 고민하거나 일희일비할 필요는 없으니 낙관적으로 지켜봐주셨으면 합니다.

편식을 하지 않는 게 제일 좋겠지만,
너무 심각하게 생각할 필요는 없지 않을까요.

4

그래도 채소는 필요하다고
생각하는 분들께 ❶

먹고 싶은 기분을 만드는 3가지 방법

앞서 싫어하는 채소를 억지로 먹일 필요 없다고 이야기했는데요. 그렇다고 채소를 전혀 안 먹어도 된다는 뜻은 아닙니다. 채소는 아이들의 성장에 필수입니다. 특히 제철 채소는 싱싱하고 영양도 풍부하니 많은 분들이 챙겨 드셨으면 좋겠어요. 하지만 채소를 딱히 즐기지 않는 아이들이 많다보니 식탁 위에 채소가 올라오는 횟수가 점점 줄어들기 십상입니다.

그나마 어른들은 채소를 싫어하더라도 이성적으로 생각해 균형 잡힌 식사를 할 가능성이 있습니다. 하지만 한창 골고루 먹어야 할 나이의 아이들 대부분은 제 입에 맞는 음식을 먹기만 할 뿐, 영양 균형까지는 신경 쓰지 않잖아요. 주로 탄수화물이나 고기를 많이 찾지 않나요?

그 결과 좋아하는 음식으로만 배를 채우고 채소에는 손을 대지 않게 됩니다. 마지막까지 남겨뒀다가 나중에서야 잔소리에 못 이겨 억지로 먹는 경우도 많고요.

정성과 시간을 들인다고 아이들이 늘 맛있게 먹는 것도 아닙니다. 아이들에게는 맛있는 음식에 대한 기쁨, 만드는 사람의 요리 실력 같은 것은 크게 상관이 없는 것 같습니다. 그래서 공들여 만든 자신 있는 음식도 통하지 않을 때가 많죠. 저 역시 내심 작은 기대를 품었다가 상처받은 일이 한두 번이 아닙니다.

집에서는 메뉴와 요리법을 바꿔가며 고군분투해도 먹지 않던 채소를 학교나 유치원, 어린이집에서는 싹싹 비운다는 이야기를 들을 때도 있고요.

남기지 말라는 선생님 말씀에 애써 그릇을 비우는 아이들도 있겠지만, 그보다는 친구들과 함께 즐겁게 먹는 분위기의 영향이 크다고 생각합니다. 바꿔 말하면, 환경이나 분위기만 받침이 되면 아이들도 채소를 먹을 수 있다는 말이죠.

한마디로 '기분'이 중요하다는 뜻입니다.

그래서 실천할 만한 채소를 먹이는 방법과 그 장단점을 함께 정리해봤습니다.

방법 ①
요리에 섞어 넣는다

가장 쉽게 떠올릴 수 있는 방법이죠. 채소를 잘게 다져 페스토처럼 만들어서 햄버거나 볶음밥, 수프에 섞는 방법입니다. 아이들이 좋아하는 메뉴에 슬쩍 넣으면 의심 없이 먹으니까요. 일명 '모르는 게 약이다' 작전이죠. 채소를 먹이는 것이 목적이라면 제일 빠른 방법일 수 있습니다. 잘만 하면 아이들이 싫어하는 재료가 들어 있다는 사실을 모른 채 먹을 테니까요.

하지만 이 방법은 생각보다 번거롭습니다. 잘게 다져서 섞어 넣는 과정이 꽤 귀찮거든요. 밥만 만들기도 버거운데 해야 할 일이 늘어나 요리가 더 어렵게 느껴집니다. 그럼 또 다른 스트레스가 생길 테고요.

방법 ②
처음부터 나눈다

처음부터 1인분을 나눠서 준비하고 자기 몫을 다 먹게 하는 방법입니다. 급식과 마찬가지로 개별 접시에 담는 거죠. 시각적으로 자기가 먹어야 할 양을 인식하면 남기지 말아야 한다는 생각에 아이들도 열심히 먹습니다. 그게 습관이 되면 아이들도 남기는 것에 저항감을 느껴서 깨끗하게 먹을지도 모릅니다.

우리 집에서도 이 방법을 자주 썼어요. 그러던 어느 날 입 안 가득 채소를 억지로 밀어 넣고 우걱우걱 씹는 모습을 보는데 마치 벌칙을 받고 있는 모습처럼 느껴져 안타깝더라고요. 이러다가는 식사에 대한 나쁜 기억만 남을지도 모른다는 생각을 했죠.

그러니까 이 방법을 쓸 때는 일단 아이들이 한입에 먹을 수 있을 만큼만 준비하는 것이 좋습니다. 먹는 양을 줄이면 아이들도 '조금이니까 먹어보자'는 마음이 들어 시도하게 되고, 그 결과 채소도 잘 먹었다는 자신감도 생깁니다. 정해진 양을 먹고도 더 먹을 수 있다면 그때 더 주면 됩니다.

방법 ③
프레젠테이션을 한다

오늘의 메뉴에 들어간 재료에 관해 이야기를 하면서 흥미를 유발하는 방법입니다. 산지나 영양에 관한 내용도 좋고, 단순히 생김새에 관한 이야기도 괜찮습니다. 채소가 남아 있다면 조리 전 상태를 보여주는 것도 추천합니다.

"당근이 이렇게 달구나", "연근은 식감이 아삭아삭해서 먹는 재미가 있어!" 이런 식으로 맛과 식감을 통해 채소가 얼마나 맛있는지를 구체적으로 전하는 것도 좋고요.

'채소를 먹는 것'이 아닌 '채소에 관심을 갖도록 돕는 것'을 목표로 삼는 거예요. 설령 입에도 대지 않더라도 괜찮습니다.

"이건 뭐야?"

"이상하게 생겼어!"

"색깔이 예뻐."

"으…… 너무 써!"

"좋은 냄새 난다."

이런 식으로 아이들이 '조금이라도 채소에 관심을 가지는 경험'을 쌓도록 도와주는 것이 중요합니다. 그날 대화의 이야깃거리가 되기도 하고, 더 긴밀한 소통으로 이어질 수도 있으니까요.

가능하면 이 역할은 요리하지 않는 분(보통 아빠들일까요?)이 맡아주시면 좋겠습니다. 회사나 거래처를 상대로 하는 프레젠테이션보다 아이들을 상대로 하는 채소 프레젠테이션이 더 높은 능력을 필요로합니다. 채소 프레젠테이션을 성공하면 덤으로 본인의 프레젠테이션 기술도 향상시킬 수 있습니다.

5

그래도 채소는 필요하다고
생각하는 분들께 ❷

식탁의 분위기도 중요합니다

여유가 있을 때 ❶에서 소개한 방법을 꼭 한번 실천해 보셨으면 좋겠습니다. 하지만 아이들은 변덕이 이만저만이 아니죠. 그런 만큼 실질적으로 효과가 확실하다고 할 만한 완벽한 해결법은 없습니다. 가장 중요한 점은 아이들의 기분이니까요.

아이들이 음식을 잘 먹느냐, 잘 먹지 않느냐는 분위기와 환경의 영향을 크게 받습니다. 실제로 소풍 갈 때 싸준 도시락 속 채소는 잘 먹는 경우가 많잖아요. 소풍이라는 즐거운 분위기가 그렇게 만드는 것이죠. 시험 삼아 저녁 반찬을 도시락 통에 담아 집 안에 돗자리를 깔고 소풍을 나온 것 같은 분위기를 내면 즐겁게 식사할지도 몰라요.

그러니 우선 식탁 분위기를 만드는 데 신경을 써주시면 좋겠습니다. 아이들이 즐겁게, 웃는 얼굴로 밥을 먹을 수 있는 환경을 만드는 것이 제일 중요해요.

그러기 위해서라도 요리를 하는 사람이 먼저 '즐겁다!', '맛있다!'라는 기분을 느끼면 좋겠습니다.

아이들은 엄마, 아빠를 유심히 지켜보기 때문에 엄마와 아빠의 기분을 그대로 감지합니다. 엄마와 아빠가 즐거워하면 아이들도 분명 즐거울 것이고, 그 기분이 '맛있다!'라는

감상으로 이어질 거예요. 하지만 일본 엄마들은 이 모든
역할을 혼자 감당해야 합니다.

안 그래도 할 일이 수두룩한데 즐거운 분위기까지 엄마가
조성해야 한다니 너무 부담이 크죠.

외국의 식사 자리에서는 아빠가 이 역할을 훌륭하게 해내는
모습을 흔히 볼 수 있었습니다.

"엄마가 만든 요리는 오늘도 최고구나! 다들 어때? 이
채소도 엄마가 요리하니까 너무 맛있지 않아?"

이런 말로 긍정적이고 즐거운 분위기를 적극적으로
이끌어내더군요.

이 모습이 지극히 당연해 보였습니다. 요리를 만드는
입장에서도 큰 도움이 되지 않을까요?

그러니 식사 자리에서 즐거운 분위기를 연출해보세요.
'말없이 우물우물 밥만 먹는다 → 잘 먹었습니다 → 소파에
늘어져 휴대폰을 본다' 이런 흐름이 되지 않도록 말이죠.

이런 긍정적인 언행 하나로 식사를 준비한 사람의 노력이
자연스레 보상받고, 아이들이 신나서 즐겁게 식사할 수 있는
밥상까지 완성됩니다. 객관적으로 음식의 맛이 있고, 없고를
떠나 얼마나 즐거운 분위기에서 식사를 하느냐의 문제죠.

사실 장기적으로 보면 이것이 아이들이 채소와 친해지는 가장 좋은 방법이라고 생각합니다.

아이들이 즐겁게,
웃는 얼굴로 밥을 먹을 수 있는
환경을 만드는 것이 제일 중요해요.

6

공포! "나도 요리하고 싶어!"라고 아이들이 말한다면?

멋진 셰프를 기르는 방법

아이들이 "나도 같이 요리하고 싶어요!", "내가 도와줄래!" 같은 말을 꺼내서 곤란했던 적 없나요? 초등학생 정도 되면 나름 한 사람 몫을 해서 큰 도움이 되지만, 그보다 더 어린 아이가 도와주겠다고 나서면 오히려 일만 늘어나는 경우가 있잖아요. 마음은 아이들의 의욕적인 도전을 응원해주고 싶지만, 여유가 없을 때는 좀처럼 맞춰주기가 쉽지 않습니다.

① 어느 날 저녁

나: "미안한데 다음에 할까? 지금은 시간이 없으니까 휴일에 같이 만들자."

▶ 무사히 패스

② 돌아온 휴일

아이: "요리 언제 해요?"

▶ 이런 약속은 절대 잊지 않는 아이들의 기억력

나: "음, 호빵맨이나 도라에몽 볼래? 아니면 유튜브 틀어줄까?"

▶ 비장의 무기로 순간을 모면

③ 다음 날

아이: "나도 요리할래요!"

▶ 약속을 지킬 때까지 포기할 생각이 없는 집요함 모드로!

나: "아……."

▶ ①로 돌아감→아이 폭발→②로 돌아감→아이의 거절→부엌에서 떼쓰며 울기 시작→더 이상 손쓸 수 없음

가정에서의 이런 경험과 전국 어린이집, 유치원, 초등학교 요리 교실에서 겪었던 일을 바탕으로 '아이들과 함께 요리할 때 기억해야 할 포인트'를 정리해볼까 합니다.

포인트 ①

한 단계의 보조로 한정한다

유치원이나 학교에서는 선생님도 있고, 아이들도 기본적으로 '배움의 자세'를 갖추고 있어서 비교적 순조롭게 진행이 가능하지만, 집에서는 쉽지 않죠. 아이와 1 대 1인 경우도 있지만 부모 중 한 명과 아이 두세 명인 경우도 있을 거고요.

가장 먼저 잊지 말아야 할 점은 처음부터 끝까지 모든 과정을 아이와 함께할 필요는 없다는 것입니다. 아이들의 집중력 지속 시간은 기껏해야 5분, 길어도 10분 정도입니다.

그마저도 말을 잘 듣지 않고, 여기저기 어지럽히는 바람에 설거짓거리만 많아지는 등 대부분은 뜻대로 흘러가지 않죠. 그러다 보니 쓸데없이 시간과 힘을 쓰는 기분이 들고, 짜증이

나서 화를 내고 맙니다. 결국 분위기는 싸늘해지고 아이는 "요리 같은 거 두 번 다시 안 할래!"라며 요리에 대한 의욕과 관심을 잃고 맙니다. 이런 일만큼은 피하고 싶은데 말이죠.

이런 상황을 방지하고 싶다면 단시간에 확실히 끝낼 수 있고, 요리 실력도 향상시키는 법칙인 '요리 하나, 단계 하나, 도움 하나'를 기억해주세요.

예를 들어, 고기감자조림을 만든다고 해볼까요? 이때 모든 과정을 아이와 함께하는 것이 아니라 "오늘의 미션은 당근 썰기!" 이런 식으로 아이들이 안전하게 도전할 수 있는 하나의 작업을 맡기는 거예요. 미션을 줄 때는 게임을 하는 듯한 분위기를 내는 것도 잊지 마세요. 재미 요소를 넣으면 호기심이 자극되면서 아이들의 집중력이 향상됩니다.

포인트 ②
끝나는 시점을 미리 예고한다

아이들은 함께 요리한다고 하면 처음부터 끝까지 같이 할 거라고 생각하는 경우가 많습니다. 하지만 정말로 그렇게 했다가는 시간이 몇 배는 더 걸리겠죠. 그렇다고 한창 음식을 만들다가 "자, 이제는 엄마(아빠)가 할게"라는 말 한마디로 아이들을 부엌에서 내보내는 일만큼은 하지 말아주세요.

아이들이 "약속이랑 다르잖아!"라며 몹시 서운해할 수 있거든요.

일단 시범을 보여준 다음 "자, 이거랑 똑같이 당근을 한번 썰어볼까? 그럼 오늘 네 미션은 끝이야!"라고 미리 말해둡시다.

제 경험에 의하면 당근을 다 썬 아이들은 놀라울 정도로 깔끔하게 물러나 금세 관심사를 바꿉니다. 미션을 성공했다는 만족감과 성취감을 동시에 맛봤기 때문이죠. 긴 시간 동안 어설프게 요리를 하는 것보다 훨씬 집중도 잘하고, 요리 기술도 더 확실히 습득합니다.

이외에 몇 가지 중요한 포인트가 더 있습니다.

포인트 ③

"고마워! 큰 도움이 됐어"

요리 교실을 진행하다 보면 "정말 잘한다! 역시 최고야!"라고 아이의 실력을 칭찬하는 학부모님들이 많은데요, 꼭 잊지 말고 해주셨으면 하는 말이 있습니다.

바로 "고마워. 엄마(아빠)한테 큰 도움이 됐어", "덕분에 너무 편했어" 같이 고마움을 전하는 겁니다.

아이는 소중한 엄마, 아빠에게 도움을 주었다는 기쁨과

만족감, 성취감을 얻게 되고 이는 더 큰 자신감으로
이어집니다.

이런 성취 경험이 '다른 것도 해보고 싶다'는 도전 정신을
자극해 아이들을 성장시키죠. 실제로 요리 교실에서 만나왔던
아이들을 통해 알게 된 사실입니다.

그리고 마지막 포인트. 혹시 여유가 된다면 다음 내용도
참고해주세요.

포인트 ④
다음 미션으로 연결시킨다

"오늘은 아주 훌륭하게 미션에 성공했네. 다음에는 감자에
도전해보자!" 이렇게 다음 목표를 정해봅시다.

이어서 양파, 다음에는 닭고기를 손질해보는 거예요. 그리고
대망의 레벨 업! 재료를 볶아보고, 삶아보고, 양념을 해봅니다.
요리 하나를 할 때마다 단계 하나를 넘다보면 금세 한 사람의
몫을 하게 되고, 머지않아 혼자 고기감자조림을 만들 수 있게
됩니다.

아이와 함께 요리할 때 꼭 기억해야 할 점은 한 단계씩
착실히 해나가며 '즐거운 성공 체험'으로 마무리 짓는
것입니다.

이 또한 요리 교실에서 알게 된 사실인데, 아이들은 누군가가 명령을 하거나 누군가에게 혼나면 스트레스를 느낍니다. 그럴 땐 아무리 반복해 가르쳐도 잘 습득하지 못하더군요. 반면 진심으로 즐길 수 있는 환경에서는 마치 스펀지처럼 흡수하고 익혀 자신의 것으로 만들어버리죠. 이렇게 차근차근 하나씩 배우다 보면 어느새 집밥 만들기를 거드는 든든한 존재가 되어줄 겁니다.

7

편의점표 젤리를 이기지 못한
프로 요리사들의 슬픔

홈 메이드 요리 vs 감귤 젤리

셋째 아이가 태어나기 전, 첫째와 둘째가 어린이집에 다니던 시절의 이야기입니다.

요리업계에서 일하는 친구네 가족과 근처 공원에서 꽃구경을 하며 포틀럭 파티를 한 적이 있습니다.

당시 저는 매일매일 열정적으로 요리를 했어요. 아이들이 많이 모이는 자리인 만큼 솜씨를 발휘해 아이들이 좋아할 김밥과 가라아게 등을 맛있게 만들어서 잔뜩 가지고 갔죠.

다른 지인들도 마찬가지였습니다. 다들 다채로운 색감의 세련된 샐러드, 정성스러운 모둠 요리, 보기만 해도 특별함이 느껴지는 샌드위치 등을 내놨고, 스페인 본토에서 맛볼 수 있는 토르티야를 이용해 즉석에서 근사한 음식을 조리하는 친구도 있었습니다. 요리업계 종사자들답게 아이들이 좋아할 만한 요리를 풍성하게 준비해 왔죠.

기다려온 식사 시간이 시작되었습니다. 그런데……
아이들은 노는 데 정신이 팔려 음식에는 관심이 없었습니다. 아이들을 위한 음식 파티였는데 말이죠. 한참을 뛰어놀다가 후다닥 달려와서 차 한 모금, 가라아게 한 조각을 먹고 다시 후다닥 달려가는 상황이 펼쳐졌습니다.

"다들 좋아할 것 같아서 사 왔는데, 개수가 좀 모자라겠네."

자리에 조용히 있던 카메라맨 친구가 이렇게 말하며 가방에서 감귤 젤리를 꺼냈습니다. 일부러 근처 편의점에 들러서 사 왔다고요.

호화로운 홈 메이드 요리들 틈에 느닷없이 등장한 편의점 젤리. 하지만 그 젤리가 아이들의 시야에 들어온 순간, 치열한 쟁탈전이 벌어졌습니다.

아이들의 마음을 훔친 것은 솜씨를 발휘해보겠다며 정성을 기울여 아이들 취향에 맞게 준비한 도시락이 아닌, 편의점에서 산 젤리였습니다. 절망적인 현실을 인정하고 싶지 않았지만 받아들일 수밖에 없었죠.

"아이들은 정말 우주처럼 신비해……."

이런 말도 안 되는 결론으로 스스로를 위로하며 저는 그저 술만 따라 마셨습니다.

"다들 좋아할 것 같아서 사 왔는데,
개수가 좀 모자라겠네."

8

사 온 크로켓과
집에서 만든 라멘

아이들은 우리가 만든 음식을 좋아하는 게 아니라,
그저 우리를 좋아해주는 걸지도 몰라요

제 어린 시절의 기억입니다.

어느 토요일, 저희 엄마는 매우 바빴습니다. 그래도 여느 때처럼 직접 만든 나물과 김치, 불고기, 콩나물국 등으로 푸짐한 점심을 차려주셨죠. 엄마는 아무리 바빠도 여러 가지 반찬을 준비해주셨습니다.

그렇게 차려진 근사한 음식들 사이에 근처 정육점에서 산 소고기 크로켓도 있었습니다. 싸고 맛있어서 동네 사람들에게 인기가 많은 크로켓이라고 하더군요. 말이 소고기 크로켓이지 속은 대부분 감자로 채워져 있었습니다.

시험 삼아 소스를 잔뜩 뿌려서 먹었습니다. 어찌나 맛있던지.

"뭐지? 너무 맛있잖아!"

우리 형제는 엄마가 만든 요리는 뒤로하고 쟁탈전을 벌였습니다.

그날 이후로 토요일 점심은 엄마가 직접 차리는 푸짐한 집밥 대신 소고기 크로켓을 사다 달라고 요청했습니다. 매주 기다려지는 즐거움이었죠.

어머니, 죄, 죄송합니다…….(감귤 젤리 사건을 겪었을 때, 이때 생각이 나더라고요.)

그렇게 시간이 흘러, 얼마 전 우리 집에서 있었던 일입니다.
아이들이 저녁 TV 프로그램에서 라멘 특집을 보더니 이렇게
외치더군요.

"라멘 먹고 싶어요!"

아이들의 요청을 들어주기 위해 슈퍼에서 생면을 사 와서
집에 있는 다른 재료를 함께 곁들여 라멘을 만들었습니다.
아이들이 엄청 좋아하더라고요.

"아빠가 만든 라멘 정말 맛있다!"

그래, 바로 이거지! 요리 연구가로서 제대로 자극을 받은
저는 닭고기로 육수를 내고, 손수 차슈를 만들어 본격적인
홈 메이드 라멘을 만들었습니다. 결국 더 뜨거운 반응을
얻어냈죠.

"역시 아빠 라멘은 최고라니까!"

이렇게 우리 집에서는 한동안 홈 메이드 라멘 붐이
일었습니다.

그리고 얼마 후.

아이들이 어김없이 "아빠, 저녁에 라멘 먹고 싶어요!"라고
노래를 부르더군요. 하지만 그날은 시간적으로 여유가
없었습니다. 그래서 슈퍼에서 파는 라멘을 사 오기로

했습니다. 약간 마음에 걸리기는 했지만 액상 스프가
들어 있는 제품으로 골라 쓱쓱 만든 다음 간단히 라멘을
내놓았습니다.

"과연 슈퍼에서 산 라멘으로 입맛이 까다로운 우리
아이들을 만족시킬 수 있을까? 아마 이렇게 말하겠지? '평소에
먹던 아빠의 수제 라멘이 훨씬 맛있어요!' 후후."
　그런데 슈퍼에서 사 온 라멘을 한입 먹은 아이들이
이구동성으로 이렇게 외쳤습니다.

"아빠, 지금까지 먹었던 라멘 중 최고야! 생일에도 이 라멘
만들어주세요!"

"아, 어어……."
　힘없이 대꾸하는 아빠였습니다.

9

반찬계의 용사, 나물

뚝딱 완성할 수 있는 나물 만들기 법칙

반찬 때문에 고민하는 분들 상당히 많죠? 가라아게, 고기감자조림 같은 주요리는 어떻게든 생각해냈는데, 곁들이는 반찬을 어떡하면 좋을지 모를 때도 있고요. 맞아요, 밥상 메뉴 구성이라는 전쟁터에서 곁들임 반찬은 상당한 복병이랍니다.

앞에서 이야기했듯이 우리 아이들 역시 채소를 즐겨 먹지 않습니다. 하지만 그런 아이들이 마치 마법에 걸린 듯 우걱우걱 먹는 반찬계의 구세주가 있어요.

바로 나물입니다.

나물은 일본 사람에게도 익숙한 한식인데요. 채소의 수만큼 나물 종류가 있다는 말이 있을 정도로 응용법이 다양합니다. 우리 집 곁들임 요리는 대체로 나물입니다. 밥상에 매일같이 나물이 등장하고, 아이들도 종류에 상관없이 맛있게 먹습니다.

일본의 고깃집이나 한국 음식점에서 나오는 나물은 짭짤하게 간이 되어 있지만, 원래는 그렇지 않습니다. 채소 본연의 맛을 살릴 수 있도록 아주 간단한 양념만 하죠.

그러다 보니 만드는 방법도 무척 간단합니다. 몇 가지 조리 법칙만 기억해두면 생각났을 때 냉장고에 있는 재료로 언제든,

누구든 만들어 먹을 수 있습니다. 제철 채소에 양념만 살짝 해도 놀랍도록 맛있는 반찬을 만들 수 있으니 메뉴 구성에 유용하게 써보세요.

'뚝딱 완성할 수 있는 나물 만들기 법칙'을 정리해보았습니다.

법칙 ①
필요한 재료는 채소 한 가지뿐!

여러 채소로 만드는 모둠 나물도 맛있지만 한 가지 채소로 만드는 것이 맛도 더 좋고, 손도 많이 가지 않아서 편합니다. 특별한 기술도 필요 없습니다.

법칙 ②
양념은 참기름, 식초, 간장, 깨, 소금!

양념은 5개만 있으면 OK. 참기름은 기름으로 쓰는 것이 아니라 맛과 향을 위해 쓴다고 생각해주세요. 어른들은 취향에 따라 마지막에 생강이나 고춧가루를 넣어도 좋습니다.

법칙 ③

날것, 삶은 것, 볶은 것, 구운 것을 버무리면 끝!

손쉽게 만들 수 있는 나물 중에는 '생나물', '삶은 나물', '볶은 나물', '구운 나물' 이렇게 4종류가 있습니다. 생채소, 혹은 삶거나 볶거나 구운 채소를 양념 ②로 버무리기만 하면 됩니다. 각각의 채소에 맞는 조리법은 대강 정해져 있으니 자주 먹는 채소에 적합한 조리법을 기억해두면 좋겠죠.

삶은 나물

▶ 브로콜리, 푸성귀, 콩나물, 아스파라거스, 양배추, 깍지 완두 등
물에 소금만 살짝 넣고 식감이 살아 있을 정도만 삶은 후 무칩니다. 그대로 양념을 넣고 버무리면 싱거워지기 때문에 미리 물기를 꾹 짜는 것이 포인트입니다.

생나물

▶ 토마토, 오이, 아보카도, 셀러리 등
생으로 먹을 수 있는 채소라면 뭐든 OK. 샐러드 느낌의 나물입니다. 먹기 좋은 크기로 잘라 양념을 넣고 무치기만 하면 됩니다. 삶은 나물과 마찬가지로 버무리기 전에 미리 물기를 닦아내면 더 맛있습니다.

볶은 나물

▶ 당근, 표고버섯, 연근, 단호박 등

뿌리채소나 버섯 종류는 볶으면 단맛이 납니다. 잘게
자르거나 얇게 썰어 참기름을 두른 후 채소가 가지고 있는
본연의 진한 단맛이 나올 때까지 볶고 양념을 합니다.
당근이나 단호박처럼 색이 예쁜 채소는 소금으로, 연근이나
버섯같이 갈색을 띠는 채소는 간장으로 양념하는 것을
추천합니다.

구운 나물

▶ 가지, 피망, 파프리카 등.

볶아도 맛있는 재료들이지만 굽기를 추천합니다. 너무 많이
건드리지 말고 지긋이 굽는 것이 포인트입니다. 참기름을
두른 프라이팬에 먹기 좋게 자른 채소를 노릇노릇하게 구운
다음 양념을 합니다. 그릴에 구워도 좋습니다.

법칙 ④

정해진 양념은 없음!

마지막으로 양념입니다. 사실 나물에 넣는 조미료 양은
딱 정해져 있지 않습니다. 재료의 양이나 종류에 따라 직접

먹어보면서 맛을 내는 것이 요령입니다. 색이 예쁜 채소는 소금으로, 색이 진한 채소는 간장으로 요리의 색감을 살려보세요. 새콤한 맛을 즐기고 싶다면 식초를 살짝 넣어도 좋습니다. 마무리로 볶은 깨를 손으로 으깨서 넣으면 나물이 더 향긋해집니다.

어떠신가요?

급식 조리사에게 학교 급식 인기 1위 메뉴가 비빔밥이라는 이야기를 들은 적 있습니다. 비빔밥 위에는 갖은 나물이 듬뿍 올라가 있죠. 아이들이 나물을 좋아한다는 사실이 급식 현장에서도 입증되고 있는 셈입니다.

그러니 오늘 저녁부터 '나물'을 키워드로! 채소를 많이 섭취할 수 있는 곁들임 반찬을 만들어 다 같이 즐겨보세요.

» '나물' 레시피는 210쪽에서 만나볼 수 있습니다.

10

간 맞추기는 셀프서비스

'적당히'의 어려움

"조금이 어느 정도예요?"

요리 교실에서 자주 듣는 질문 중 하나입니다.

레시피를 봤는데 양념 분량에 '조금' 혹은 '적당량' 같은 애매한 말이 적혀 있으면 불안해지죠. 요리에 아직 익숙하지 않거나 처음 만드는 음식인 경우에는 더욱 그렇고요.

요리책에는 대부분 조미료 양을 '간장 ○큰술, 설탕 ○작은술, 맛술 ○큰술' 이렇게 정확히 적어놓습니다. 누가 요리해도 똑같은 맛을 낼 수 있도록 책을 만드는 사람들이 신경을 썼기 때문이죠.

게다가 요리하는 사람도 정확한 수치로 레시피가 적혀 있으면 양념을 어떻게 할지 고민할 필요가 없고, 확실히 맛있을 것이라고 안도할 수 있죠. 그런데 느닷없이 '조금', '적당히' 같은 표현이 나오면…… 불안해지는 마음도 이해가 됩니다.

누군가를 위해 요리를 하다 보면 과연 음식이 맛있게 되고 있는 것인지, 싱겁지는 않을지, 입에는 맞을지 이래저래 사람들의 반응이 신경 쓰입니다. 그래서 고민하게 되는 것이죠.

여러분은 어떠세요?

매일매일 '간을 잘 맞춰야지', '맛있게 요리해야지',
'가족들 입맛에 맞춰야지' 같은 압박을 받고 있지는 않나요?
가족이니까, 취향을 알고 있으니까 더욱 맛있게 만들어야
한다는 책임감을 느끼는 것 같습니다.

앞에서 제게 질문했던 분도 그런 생각을 하고 계셨는지
모릅니다.
그런 분들께 제가 추천하고 싶은 방법이 바로, '간 맞추기는
셀프서비스'입니다.

요리에 최소한의 밑간만 한 뒤 나머지는 먹는 사람에게
맡기는 거예요. 식탁에서 자유자재로 조절할 수 있도록
말이죠. 먹어보고 짠맛이 더 필요하다 싶으면 소금이나 간장을
넣고, 새콤한 맛을 원하면 식초를, 매콤한 맛이 부족하면
고춧가루를 뿌리는 식으로 자신의 입맛에 맞게 양념하도록
하는 것입니다.

예를 들어, 닭고기소금구이를 먹는다고 해볼까요? 주요리로
닭고기를 차려놓고 식탁 위에 간장, 양념 소스, 케첩, 참깨,
김, 치즈 등을 세팅하는 거예요. 어른들을 위해 매콤한
고추기름이나 고춧가루, 후추를 준비해도 좋고, 김치나

명란젓을 얹어 먹게 해도 괜찮습니다.

그다음은 그냥 먹는 사람에게 맡기는 겁니다. 굉장히 편해요.

이렇게 하면 만드는 사람도 '맛있게 양념해야 한다'는 부담에서 벗어나 조금은 어깨 힘을 뺀 채로 음식을 준비할 수 있지 않을까요? 요리 과정도 자연스레 간결해지고 수고도 덜 들죠.

여러분, 집은 레스토랑이 아닙니다. 한입에 감탄이 나오는 맛을 낼 필요는 전혀 없어요.

애초에 입맛은 사람마다 천차만별, 제각각이잖아요.

어떤 사람에게는 싱거운 정도가 다른 사람에게는 딱 좋은 경우도 얼마든지 있습니다. 가족 모두가 취향이 같을 수도 없고요. 그래서 간 맞추기가 어렵습니다. 저 역시 레시피를 개발할 때 제일 고민하는 것이 양념의 양이에요.

아시아 국가들의 노점에서 손님들이 자리에 놓인 소금과 설탕, 고춧가루 등으로 알아서 맛을 조절하는 광경을 보신 적이 있으실 거예요. 이 역시 비슷한 방식이죠. 저는 이 방식이 아주 괜찮은 방법 같아요!

일본인 중에는 이미 완성된 요리에 소금이나 간장을 뿌리는 것이 만들어준 사람에 대한 실례라고 생각하는 분들도 있습니다. 물론 무슨 뜻인지는 압니다. 애써 절묘하게 간을 맞춰 완성한 요리에 누가 마요네즈를 잔뜩 뿌려 먹으면 기껏 기울인 노력이 모두 물거품이 된 기분이 들고 슬퍼질 수도 있겠죠. 하지만 셀프서비스로 간을 맞추게 하면 마음이 더 여유로워질 수 있습니다. "편하게, 자유롭게, 입맛에 맞게 드세요!"라고 할 수 있는 거죠.

먹는 사람은 마음 편히 취향에 맞는 맛을 낼 수 있고, 만드는 사람은 양념의 부담에서 해방되는 동시에 수고도 덜 들이는, 그야말로 일석이조라고 생각합니다.

» '닭고기소금구이' 레시피는 206쪽에서 만나볼 수 있습니다.

여러분, 집은 레스토랑이 아닙니다.
한입에 감탄이 나오는 맛을 낼 필요는 전혀 없어요.

11

삶은 푸성귀의 위력

어떤 요리와도 잘 어울리는 곁들임

밥상이라는 전쟁터의 훌륭한 용사 나물 다음으로 우리 집에서 반응이 좋은 채소 요리는 의외 중의 의외! 바로 삶은 푸성귀입니다. 들나물이나 푸른 채소 같은 푸성귀를 삶기만 하면 되는 메뉴죠.

과연 그것을 요리라고 할 수 있느냐고요? 그럼요, 어엿한 일품 채소 요리입니다.

가족들에게 인기가 높은 함박스테이크. 아이들은 "맛있다!"라고 감탄을 연발하며 신나게 먹습니다. 그런데 자세히 보면 색감을 위해 곁들인 양상추나 토마토, 혹은 미니 샐러드만 남겨져 있곤 하죠. 잔소리를 듣고 나서야 드레싱을 뿌려 꾸역꾸역 채소를 먹는 아이들. 이런 장면 다들 익숙하지 않으세요?

채소를 잘 먹지 않는 아이들에게 샐러드란 생으로 먹는 채소 그 자체와 다를 바가 없습니다. 아이들은 샐러드라는 단어만 들어도 질색을 하죠. 아삭한 식감과 특유의 풋내, 부피는 크고 먹기도 편치 않습니다. 부드러운 함박스테이크를 먹고 나서 억지로 샐러드를 먹으려고 하다 보니 쉽지 않을 거예요.

그래서 저는 삶은 채소를 추천합니다. 특히 시금치나

청경채, 일본에서 자주 먹는 소송채 등 호불호가 갈리지
않는 푸성귀 종류를 추천합니다. 부추도 좋고, 요즘 유행하는
완두순도 괜찮아요. 이런 채소들을 삶아 담아내기만 하면
끝입니다.

가뜩이나 채소를 안 먹는데 특별한 양념이 없으면 아이들이
남기지 않을까, 우려도 드실 텐데요.
사실 채소는 자유자재로 응용할 수 있는 요리입니다.
양념하지 않은 삶은 채소는 어떤 요리와도 잘 어울립니다.
식감이나 맛을 방해하지도 않고요.

날것으로 먹는 채소 요리와 마찬가지로 드레싱이나 간장을
뿌려 먹어도 좋고, 마요네즈를 찍어 먹어도 되고, 된장국이나
수프 건더기로 넣거나, 조림에 섞는 방법도 있습니다.
함박스테이크 소스에 적셔 먹거나, 조림 양념에 비비기도
하고요. 밥에 넣어 먹기도 합니다.
아이 나름대로 창의적인 방법으로 채소를 먹는 모습을 보면
어딘가 흐뭇하기도 하고, 왠지 듬직하기까지 합니다.
어른들도 아이들에게 맛있게 먹는 방법을 제안해주시면
좋겠습니다. "이렇게 먹으면 맛있어!", "주먹밥을 만들어서
채소에 싸서 먹어봐"라고요. '아빠, 엄마를 따라서 나도 한번

먹어보자' 하는 마음이 들지도 모르잖아요.

삶은 채소는 어린이뿐만 아니라 어른들도 많이 드셨으면
하는 메뉴입니다.

우리가 즐겨 먹는 주요리는 보통 간간하게 양념을 한 경우가
많은데요. 거기에 따로 간을 하지 않은 삶은 채소를 더하면
맛도 중화되고, 과다한 염분 섭취도 예방할 수 있습니다. 양념
맛이 진한 주요리를 먹은 후, 삶은 채소를 드셔보세요. 입 안이
산뜻해질 거예요.

몸도 데워주고 소화도 잘되니 그야말로 금상첨화입니다.
시중에서 파는 반찬이나 인스턴트식품, 냉동식품을 연이어
먹게 될 때 특히 효력을 발휘하죠. 냉동식품을 데운 후 채소를
곁들여 먹어도 좋고요.

그저 채소를 삶기만 하면 됩니다. 그것만으로 훌륭한 집밥
메뉴가 될 거예요.

12

Brown is beautiful!

재료 한 가지로 정면 승부해도 좋아요

가라아게, 데리야키 치킨, 함박스테이크, 돼지고기찜, 고등어조림, 가자미조림 등 일본 집밥 메뉴 스테디셀러 중에는 간장이나 된장으로 색을 낸 '갈색 요리'가 많습니다.

개인적으로 주요리는 선명한 갈색을 띠면 띨수록 먹음직스럽고, 색이 짙으면 짙을수록 식욕을 돋운다고 생각합니다. 여러 종류의 채소를 넣은 다채로운 색감의 화려한 요리도 좋지만, '갈색은 갈색만으로! 고기는 고기만으로! 생선은 생선만으로!' 이렇게 정면으로 승부하는, 깔끔하면서도 동시에 밥도둑 노릇을 톡톡히 하는 반찬이 최고인 것 같습니다.

고기가 메인일 때는 고기만, 생선이 메인일 때는 생선만 요리하면 본연의 맛을 살리기 쉽고 손질도 편해질뿐더러 조리도 간단해집니다. 게다가 가족 모두가 맛있게 먹으니 좋은 점이 한둘이 아니죠.

그런 면에서 돼지고기만 넣고 간장으로 볶은 요리, 닭고기만 넣고 간장으로 조린 요리, 토막 생선에 된장을 발라 만든 생선구이 같은 간단한 갈색 요리는 사실 집밥에 최적화된 메뉴라고 할 수 있죠.

'채소를 먹여야 하는데', '색감이 너무 단조로워'라는 생각에 채소를 억지로 추가하다 보면 수고도 더 들고, 더 높은 요리 기술이 필요해질 뿐 아니라 아이들의 흥미를 떨어뜨릴 수 있습니다.

그러니 채소를 무리하게 주요리에 포함시킬 필요는 없어요. 마지못해 재료로 쓰이는 채소 입장도 어쩐지 좀 불쌍하잖아요.

'채소는 채소만으로!' 충분한 메뉴가 따로 있습니다. 이렇게 생각하니 부담이 좀 덜해지지 않나요?

'채소는 채소만으로!'의 대표 요리가 궁금하다면 210쪽의 '나물'을 참고해주세요.

늘 갈색 요리만 만드는 것 같아 걸린다고요? 그렇게 생각할 필요 전혀 없습니다.

Brown is beautiful!

오늘부터 접시 위에서 맛깔나게 빛나는 갈색으로 식탁을 물들여보세요!

13

치킨은 배신하지 않는다

오늘 저녁은 치킨이닭!

저는 슈퍼에서 '오늘 저녁은 뭘 먹지?' 하는 고민이 들 때면 일단 닭고기를 삽니다. 넓적다리, 가슴살, 날개 등 부위별로 팔고, 우리 집 근처에서는 목살만도 판매하는데 가족 모두 좋아합니다! 간과 염통, 닭똥집도 맛있죠. 아니면 한 마리를 통째로 살 수도 있고요.

할인도 많이 하고, 포만감도 있어 든든한 식사로 제격입니다. 호불호가 크게 갈리지도 않습니다. 일정 수준의 맛이 보장되고요.

아이들도 닭고기를 아주 좋아합니다. 삶아도, 구워도, 튀겨도, 쪄도 맛있죠. 특별한 기술 없이 맛있게 요리할 수 있습니다. 돼지고기나 소고기는 조금 더 요령이 필요하거든요.

우리 집에서 자주 먹는 메뉴는 날개나 넓적다리를 삶아 만드는 치킨수프입니다. 주로 냉장고에 남아 있는 계란과 당면을 함께 넣어 먹어요. 간장을 찍어도 맛있고, 요즘 일본에서 인기 많은 한국 쌈장을 찍어 먹기도 합니다.

그릴을 이용한 소금구이도 추천해요. 이렇게만 해도 충분히 맛있습니다! 직화 구이는 정말 최고예요.

» '치킨수프' 레시피는 214쪽에서 만나볼 수 있습니다.

14

집밥의 추억

여러분의 어린 시절 최고의 요리는 무엇인가요?

저희 아이들이 그렇듯, 저 역시 요리 연구가 어머니 밑에서 자랐는데요. 매일 호화로운 요리만 먹었을 거라고 생각하실지 모르겠습니다. 하지만 저희 어머니가 본격적으로 요리를 시작한 시점은 제가 성인이 되고 난 후였습니다. 어릴 때는 그저 소박한 한국식 집밥을 먹고 자랐죠.

저희는 형제자매만 넷이었으니 한창 먹을 시기에는 정말 힘드셨을 거예요. 게다가 아버지가 집안의 장손이어서 친척들의 방문이 많았고, 아버지의 직장 동료들과 이웃들도 자주 우리 집을 찾아왔습니다. 그래서 매일 저녁 시간이 되면 작은 집 안에 저희 가족과 손님들이 옹기종기 모여앉아 와글와글한 분위기에서 밥을 먹었습니다.

어머니는 모두가 배부르게 먹을 수 있게 여러모로 신경을 쓰셨고, 항상 넉넉한 양으로 요리를 내주셨죠.

냉장고에는 늘 밀폐 용기에 담아 둔 밑반찬(젓갈, 나물, 장아찌 등 장기 보관이 쉬운 소소한 반찬)이 가득했습니다. 매일같이 상 위에 그 반찬들이 빼곡하게 차려졌죠. 거기에 건더기가 듬뿍 들어간 탕국을 같이 올리는 것이 기본이었습니다. 그리고 생선이나 고기, 튀김이나 조림 요리 같은 주요리를 같이 내놨어요. 덤으로 아이들이 좋아할 만한 함박스테이크, 카레, 스파게티가 나오는 날도 있었고요.

그야말로 한국 음식을 바탕으로 한 월드 와이드한 수준 높은 요리였습니다(머쓱). 심지어 어머니는 장보기부터 재료 손질, 요리 후 뒷정리에 이르기까지 모든 과정을 혼자 해치우셨습니다. 저희도 조금씩 거들기는 했지만요.

어머니는 한때 요리 연구가 말고도 다른 일도 병행하셨고, 지역 활동 및 학부모 모임 등으로도 바쁘셨어요. 그런데 매일 밥을 넉넉히 지어 다양한 요리와 함께 밥상을 차려주셨습니다. 요즘 제가 세 아이를 키우다 보니, 어머니가 얼마나 대단했는지 절실히 느낍니다. 지금 저에게 어머니처럼 하라고 하면 절대 못 할 일이죠. 정말이지 어머니께 감사할 따름입니다.

그런 어머니의 뒤를 이어 저 역시 요리 연구가의 길을 걷게 되자, 인터뷰에서 이런 질문을 많이 받곤 합니다.

"어머니가 만들어주신 추억의 음식 중 가장 기억에 남는 메뉴는 뭔가요?"

아마 손맛과 정성이 제대로 들어간 화려한 요리나 제철 재료를 활용한 건강에 좋은 요리를 기대하시는 것 아닐까 싶은데, 사실 머릿속에 가장 먼저 떠오르는 것은 '10분이면 완성하는 최고의 별미, 초고속 찌개'입니다.

중학생 시절, 방과 후 학원에 가기 전까지 잠깐 남는 시간이 있었어요. 그때 어머니께 배고프다고 한마디 하면 어머니는 늘 있는 재료로 찌개 한 그릇을 뚝딱 끓여주셨습니다. 김치, 양파, 돼지고기 등을 볶아 넣고 마른 멸치와 된장으로 국물을 낸 간단한 찌개였죠. 두부나 버섯, 파를 넣을 때도 있었습니다.

뜨끈뜨끈한 찌개 한 숟가락 후루룩 들이킨 후 따뜻한 밥 한술 뜨면 정말이지 최고였어요!

'어떻게 이렇게 짧은 시간에 이토록 맛있는 음식을 만들 수가 있지? 우리 엄마는 요리 천재 아닐까?' 같은 생각을 하곤 했습니다.

어머니는 아무리 바빠도 절대 아이들을 배고프게 놔두지 않았습니다.

늘 배부르게 먹이셨죠. 부모 입장이 된 지금 생각해보면 어머니께 감사한 마음과 함께 자랑스러운 기분이 듭니다.

어느덧 제가 가정을 꾸리고 아이들 밥을 챙기다 보니 어머니가 얼마나 고생스럽게 식사를 준비해주셨는지, 몸소 실감하고 있습니다. 어머니가 만들어주신 다채롭게 채워진

도시락과 정성을 다해 담근 김치도 마음속에 남아 있는
추억의 음식이고요.

그래도 제게 최고의 요리는 '10분 초고속 찌개'입니다.
호화로운 메뉴, 엄청난 공을 들인 음식도 좋지만 역시 당시
상황과 분위기, 누구와 어떻게 먹었는지가 중요하다는 사실을
다시 한번 깨닫습니다.

여러분의 어린 시절 추억 속 최고의 요리는 무엇인가요?

» '초고속 찌개'의 레시피는 216쪽에서 만나볼 수 있습니다.

제3장

고민하고 싶지 않은 날에는
수고를 덜어보자

요리가
정말 편해지는
실용 레시피

부엌칼과 도마를
생략하자

요리가 힘겹게 느껴지는 날에는 번거로운 요소를 제거해보는
건 어떨까요? 이를테면 부엌칼과 도마를 생략하는 식으로요.
보통은 재료 손질에 꼭 필요한 도구들인데, 이 두 가지를
사용하지 않는 것만으로도 마음이 한결 가벼워집니다.
주방 가위로 자를 수 있는 것과 손으로 뜯을 수 있는 채소, 썰
필요가 없는 재료를 적극적으로 활용해봅시다.

주방 가위로 쉽게 자를 수 있는 재료

부추, 쑥갓, 파, 청경채, 소송채,
경수채, 완두순, 편육, 베이컨, 유부 등

뜯기만 하면 되는 재료

양상추, 양배추, 버섯, 파슬리,
차조기, 치즈, 두부, 비엔나소시지,
김 등

자를 필요가 없는 재료

자른 미역, 손질된 채소, 손질된 회,
튀김용 다리 살, 닭날개, 닭 윙,
손질된 고기, 깐 새우, 토막 생선,
조개류, 콩, 낫토, 통조림, 달걀,
방울토마토, 콩나물, 모둠 해물

담백한 닭 윙 표고버섯조림

재료(2인분)

손질된 닭 윙 ··· 10개

표고버섯 ··· 1팩

파 ··· 적당량

Ⓐ: 간장 ··· 2큰술 + 설탕, 술, 식초 ··· 각 1큰술

만드는 법

프라이팬에 닭 윙을 넣고, 닭 윙이 반 정도 잠길 만큼 물과 양념 Ⓐ를 넣고 조립니다. 표고버섯의 기둥은 주방 가위로 자르고, 손으로 찢은 후 마지막에 같이 넣고 조립니다. 주방 가위로 파를 잘게 자른 후 뿌려 줍니다.

Point

감칠맛이 일품인 닭 윙은 반으로 저며 사용하면 조리 시간도 단축되고, 양념도 잘 스며듭니다. 버섯을 손으로 찢으면 향기와 맛이 잘 어우러지니 꼭 한번 시도해 보세요. 느타리버섯이나 잎새버섯으로 대체해도 좋습니다.

매콤달콤 참치소송채볶음

재료(1~2인분)

참치 통조림 … 기름이 들어 있는 작은 캔 1개

소송채 … 2줄기

맛술, 간장 … 각 1큰술

만드는 법

프라이팬에 참치를 기름까지 모두 넣고 뚜껑을 덮어 찌듯이 볶아줍니다. 주방 가위로 자른 소송채를 넣어 살짝 볶은 후, 맛술과 간장을 넣고 다시 한번 볶아주세요.

Point

참치 통조림은 구비해두면 여차할 때 구세주가 됩니다. 볶음 요리에는 캔에 담긴 기름도 활용할 수 있습니다. 뚜껑을 덮고 쪄서 노릇하게 구우면 풍미가 살아납니다. 소송채가 없을 때에는 부추나 달걀을 대신 이용해보세요.

196

2

곁들이는 반찬은
전자레인지에 맡기자

전자레인지로 주요리를 만들기 위해서는 어느 정도 요령이
필요합니다. 하지만 곁들이는 정도의 반찬을 만들 때는
전자레인지가 큰 활약을 합니다. 오븐으로 주요리를 하는 동안,
전자레인지로 곁들일 반찬을 완성하면 과정이 한결 편해지죠.
재료를 전자레인지에 넣고 돌리기만 하면 더 이상 품이 들 일이
없습니다. 주방도 덜 더러워지니 정리하기도 쉬워지고요. 각
가정의 전자레인지 사양에 따라 가열 시간이 달라질 수 있으니
상황을 봐서 조절해주세요.

* 이 책의 레시피는 모두 600와트 출력의 전자레인지를 사용했습니다.

베이컨 치즈 단호박샐러드

재료(2인분)

단호박 … 1/8개
베이컨 … 2장
크림치즈 … 40그램
소금 … 약간

만드는 법

단호박은 꼭지와 씨를 제거한 후 랩에 싸서 4분간 전자레인지에 돌립니다. 자른 베이컨은 키친타월로 감싸서 내열 그릇에 담아 전자레인지에서 1분간 가열합니다. 식기 전에 모든 재료를 잘 섞어줍니다.

Point

단호박은 자르지 않은 채로 가열하고 베이컨은 주방 가위로 자르면 되니, 부엌칼을 사용할 필요가 없습니다. 단호박 껍질에는 영양이 가득하니 껍질째 사용합시다.

베이컨은 가열하면 기름이 튈 수 있으니 키친타월로 싸주세요.

햄을 넣은 양상추찜

재료(3~4인분)

양상추 ··· 1통
햄 ··· 2~3장
굴소스, 참기름 ··· 각 1큰술

만드는 법

손으로 뜯어 씻은 양상추에 자른 햄을 올리고, 굴소스와 참기름을 얹어 랩을 씌운 후 3~4분간 가열합니다. 잘 섞어 먹습니다.

(Point)

전자레인지에서 가열되는 동안 맛이 고루 스며들 거예요. 향긋한 참기름이 촉촉하게 감싸주는 느낌! 양상추는 가열하면 단맛이 강해지고 식감도 부드러워져 양껏 먹을 수 있습니다.

3

양념을
제품으로 대체하자

냉장고 안에 잠자고 있는 드레싱이나 고기용 양념 있지
않으세요?
요리의 관건이 되는 양념을 슈퍼에서 파는 제품으로
사용합시다. 샐러드에는 드레싱, 고기 요리에는 야키니쿠 소스,
이런 식으로 한정 짓지 말고 유연하게 응용해보세요. 김치나
명란젓, 절임 반찬 등 밥에 잘 어울리는 재료나 조미료를 한
가지 준비해두면 번거롭게 양념을 만들지 않아도 '틀림없이
맛있는' 음식이 될 거예요.

야키니쿠 소스로 구운 생선

재료(1인분)

전갱이 ⋯ 1마리
취향에 맞는 야키니쿠 소스 ⋯ 적당량

만드는 법

전갱이를 그릴 위에서 노릇노릇하게 구운 후 소스를 뿌려 마지막으로
한번 더 구워줍니다.

(Point)

야키니쿠 소스는 고기뿐 아니라 생선에도 잘 어울립니다. 밥도둑 생선 요리가 완성될
거예요. 즐겨 먹는 다른 토막 생선을 사용해도 좋고, 그릴이 아닌 프라이팬에 구워
마지막에 양념을 골고루 묻혀 먹어도 OK!

즉석 김치오이무침

재료(1~2인분)

배추김치 ⋯ 적당량
오이 ⋯ 1개

만드는 법

먹기 좋은 크기로 자른 오이를 김치와 함께 무친 후 양념이 잘 스며들
도록 잠시 두었다 먹습니다.

Point

배추김치는 토핑으로 쓸 수도 있고, 조미료 역할도 하는 만능 재료입니다. 그대로
양념 대신 채소나 고기에 곁들여 먹어보세요. 김치가 익어 산미가 강해지면 볶거나
찌는 등 가열해 조리하는 것을 추천합니다.

4

설거짓거리를
줄이자

짧은 시간 안에 뒷정리를 마치기 위해서는 주방을 어지럽히지
않고 요리하는 것, 사용한 조리 도구와 식기 개수를 줄이는 것이
중요합니다.

제일 번거로운 것이 바로 여기저기 튄 기름과 기름때인데요.
기름이 여기저기 묻는 것을 방지하는 데에는 프라이팬을
이용한 찜 요리가 좋습니다. 프라이팬째로 식탁에 내놓으면
설거지할 그릇의 개수도 적어지죠. 포일을 이용한 포일
찜이나 포일 구이를 하면 접시도 더러워지지 않고, 설거지도
편해집니다.

돼지고기 채소샤부샤부찜

재료(2인분)

샤부샤부용 돼지고기 … 200그램

숙주나물 … 1봉지

부추 … 1/2다발

술 … 3~4큰술

시판용 폰즈, 참깨 … 적당량

만드는 법

프라이팬에 숙주, 돼지고기를 펼쳐 놓고 부추를 주방 가위로 잘라 올립니다. 술을 뿌리고 뚜껑을 닫아 4~5분 정도 찝니다. 폰즈와 깨를 뿌리고 골고루 섞어 먹습니다.

Point

재료를 넣은 후 뚜껑을 덮고 찌기만 하면 끝이니 가스레인지 주변이 더러워지지 않습니다. 샤부샤부용 돼지고기와 숙주는 자를 필요가 없고, 부추는 주방 가위로 자르면 되기 때문에 부엌칼도 필요 없죠. 마음에 드는 프라이팬으로 요리해보세요.

일본식 연어치즈구이

재료(1인분)

연어 필레 ··· 1토막

만가닥버섯, 소송채 ··· 적당량

Ⓐ: 간장, 맛술, 술 ··· 각 1/2큰술 + 피자용 모차렐라 치즈 ··· 적당량

만드는 법

재료와 양념 Ⓐ를 2장으로 겹친 포일로 싼 다음, 그릴에서 5분 정도 굽습니다. 마무리 단계에서 치즈를 뿌린 후 포일을 열고 노릇노릇하게 구워주세요.

(Point)

설거지가 귀찮은 그릴 요리도 포일을 이용하면 손이 덜 가고 생선도 퍽퍽해지지 않습니다. 통통하고 야들야들한 식감으로 완성되죠. 포일이 찢어지지 않도록 2장을 겹쳐 쓰는 것이 포인트입니다.

172쪽

「간 맞추기는 셀프서비스」

단면 그릴을 사용할 경우, 노릇노릇해지면 뒤집어 구워주세요.

닭고기소금구이

재료(4인분)

닭다리 살 ⋯ 2장

소금 ⋯ 약간

만드는 법

닭고기 전체에 소금이 배어들도록 합니다. 포일을 깐 그릴 위에 올리고
약 7~8분 정도 노릇해질 때까지 양면을 골고루 구워주세요.
탈 염려가 있을 때는 포일을 덮어주세요.

▶ 무 간 것+시판용 폰즈+잘게 썬 차조기

개운한 맛을 원할 때 추천합니다. 차조기 대신 생강순이나 잘게 썬 대파 등을 써도 좋습니다. 일본식 매실 장아찌를 곁들여도 맛있어요.

▶ 잘게 썬 김+간장

우리 집 아이들이 아주 좋아하는 맛입니다. 닭을 구울 때 나온 육수와 함께 밥 위에 얹어 먹으면 최고죠. 잘게 썬 김 대신 가다랑어포나 파래를 뿌려도 됩니다.

▶ 고추기름+산초

개인적으로 가장 좋아하는 조리법입니다. 고추기름과 산초의 매콤한 맛이 반찬으로도, 안주로도 잘 어울립니다. 고수를 살짝 뿌려 먹어도 맛있습니다.

126쪽

「큰 그릇 요리의 함정」

밥과 반찬을 타원형 개인 그릇에 같이 담아요. 프라이팬째로 식탁에 내놓으면 설거짓거리도 줄일 수 있습니다.

돼지고기 자투리와 당면을 넣은 중국식 볶음 요리

재료(2~3인분)

녹두 당면(건조) ⋯ 100그램
돼지고기 자투리 ⋯ 250그램
부추 ⋯ 낱개로 3~4개
참기름 ⋯ 2큰술
소금 ⋯ 약간
Ⓐ: 술, 간장 ⋯ 각 3큰술 + 물 ⋯ 2/3컵 + 설탕 ⋯ 1큰술
+ 간 마늘 ⋯ 1쪽 분량

만드는 법

당면은 물에 담가됐다가 물기를 뺍니다. 돼지고기에 소금을 뿌려주세요. 부추는 주방 가위를 이용해 약 4센티미터 길이로 자릅니다. 프라이팬에 참기름을 두른 후 돼지고기를 볶고, 고기 색이 변하기 시작할 때쯤 당면과 Ⓐ를 넣어 국물이 졸 때까지 함께 볶아줍니다. 마지막에 부추를 넣고 가볍게 섞어줍니다.

토마토와 오이를 넣은 중국식 샐러드

재료(2~3인분)

토마토 ⋯ 2개

오이 ⋯ 1개

참기름, 간장, 식초 ⋯ 각 1/2큰술

흰깨 ⋯ 1작은술

설탕 ⋯ 1/2작은술

만드는 법

오이, 토마토는 꼭지를 떼고 한입 크기로 적당히 잘라줍니다.

모든 재료를 넣고 무칩니다.

「반찬계의 용사, 나물」

기본적으로 어떤 채소로든 나물을 만들 수 있습니다. 우선
최소한의 양념만 한 후, 나중에 맛을 보며 취향에 맞게 간을
조절해보세요. 하룻밤 두었다 먹으면 맛이 잘 배어들어 한층
맛있어집니다.

* 모두 만들기 쉬운 분량을 기준으로 한 레시피입니다.

① 삶은 시금치

시금치 한 단을 뜨거운 물에 살짝 데친 후 꾹 짜서 물기를 제거한 다음, 3~4센티미터 길이로 자릅니다. 여기에 간장, 참기름, 흰깨를 적당량 넣어 무쳐주세요.

② 볶은 표고버섯

4~5개의 표고버섯을 준비합니다. 기둥 부분을 제거하고 얇게 썰어줍니다. 프라이팬에 참기름 1큰술을 넣어 가열한 다음 버섯을 넣고 볶다가 물렁해지면 간장, 흰깨를 적당량 넣고 골고루 섞어주세요.

③ 볶은 당근

껍질을 벗긴 당근 1개를 얇게 어슷썰기 한 후 잘게 채 썰어주세요. 프라이팬에 참기름 1큰술을 넣어 볶은 다음 당근을 넣고 더 볶다가 숨이 죽고 단맛이 올라오면 소금, 흰깨를 적당량 넣고 골고루 섞어줍니다.

④ 완두순

완두순 1봉지를 준비합니다. 주방 가위로 밑
동을 잘라내고 뜨거운 물에 살짝 데친 후 꾹
짜서 물기를 제거한 다음 간장, 참기름, 흰깨
를 적당량 넣고 잘 무쳐주세요.

⑤ 방울토마토

방울토마토 10개의 꼭지를 딴 후 반으로 잘
라, 소금, 참기름, 흰깨를 적당량 넣고 무쳐주
세요. 취향에 따라 알맞은 양의 식초를 추가
합니다.

⑥ 구운 가지

가지 2개를 동그란 모양으로 얇게 썬 후, 참
기름을 두른 프라이팬에서 노릇노릇해질 때
까지 구워주세요(그릴에 구워도 괜찮습니다).
간장, 참기름, 흰깨 적당량을 넣고 무쳐줍니다.
취향에 따라 다진 생강을 넣어도 좋습니다.

⑦ 생오이

오이 1개를 세로로 반 자른 다음, 얇게 어슷 썰기를 합니다. 간장, 참기름, 흰깨를 적당량 넣고 무쳐주세요. 취향에 따라 약간의 식초를 추가합니다.

⑧ 구운 아스파라거스

아스파라거스 3개를 준비합니다. 밑동의 단단한 껍질을 벗겨내고 3~4센티미터 길이로 자른 다음 참기름을 두른 프라이팬에서 노릇노릇해질 때까지 구워주세요. 간장, 참기름, 흰깨를 적당량 넣어 섞어주세요.

「치킨은 배신하지 않는다」

닭날개나 넓적다리를 삶아 만드는 간단한 치킨 수프입니다.

닭 윙 맑은수프

재료(4인분)

반으로 저민 닭 윙 … 15개
대파의 파릇한 부분 … 1개
마늘 … 1쪽
술 … 1/4컵
소금 … 적당량

만드는 법

냄비에 반으로 저민 닭 윙, 술, 으깬 마늘, 대파의 파릇한 부분을 넣고 뜨거운 물을 충분히 부은 후 소금을 넣어 끓입니다. 거품이 올라오면 걷어가며 10~15분 정도 더 끓입니다. 파를 꺼냅니다.

기본 육수 응용

기본 육수가 남으면 다음 날은 3가지 버전으로 응용해보세요.

응용법 ① 채소 듬뿍 치킨수프

양배추, 소송채, 파를 추가합니다. ▶ 한입 크기로
자른 양배추 2장, 얇고 어슷하게 썬 파 1개, 5센티미
터로 자른 소송채 2줄기를 넣고 2~3분 동안 끓인 후
소금 혹은 간장으로 간을 맞춥니다.

응용법 ② 닭고기미역우동

자른 미역, 우동, 볶은 깨를 넣고 간장으로 풍미를
더합니다. ▶ 물에 불린 자른 미역 3그램과 냉동 우
동 1인분을 넣고 2~3분간 끓여주세요. 볶은 깨를
뿌린 후 간장으로 간을 맞춥니다.

응용법 ③ 중국식 달걀수프

달걀 푼 물, 부추, 참깨와 간장으로 맛을 살립니다.
▶ 낱개 부추 2~3개를 5센티미터 길이로 잘라 넣고,
달걀 2개를 푼 물을 빙 둘러 가며 넣은 후 한소끔
끓여줍니다. 참기름 1큰술을 떨어뜨린 후 소금, 간
장으로 간을 맞춥니다.

188쪽

「집밥의 추억」

초고속 완성 돼지고기 된장찌개

집에 있는 재료로 뚝딱 만들어 더 맛있는 찌개입니다. 우리
집에서는 주로 밥을 말아 먹습니다.

재료(2인분)

돼지고기 자투리 … 150그램
얇게 썬 양파 … 1/4개
배추김치 … 100그램
참기름, 술 … 각 2큰술
된장 … 1큰술
간장 … 적당량

만드는 법

냄비에 참기름을 둘러 달군 후 돼지고기, 양파, 김치를 넣어 볶습니다.
술을 넣고 볶은 다음, 물 2컵, 된장을 넣고 끓입니다.
간장으로 간을 맞추고 취향에 따라 파를 썰어 올립니다.

Point

김치를 사용하면 번거롭게 양념할 필요가 없습니다. 개운하게 먹고 싶을 때는 된장을 넣지
않고 간장으로 간을 해도 괜찮습니다. 달걀을 넣고 순두부찌개처럼 먹어도 맛있어요.

86쪽

전 세계 이색 도시락

오일사딘 도시락

올리브유에 정어리를 절인 오일사딘을
바게트에 얹거나 빵 사이에 넣어 먹습니다.

부탄 도시락

밥, 매콤한 조미료와 함께 채소를 넣은 치즈 조림을
먹는 것이 일반적입니다. 밥과 잘 어울리는 맛입니다.

「유튜브를 통해 알게 된 사실」

채소 듬뿍 돼지불고기

고기와 채소를 한 번에 섭취할 수 있어요! 유튜브에서 많은 사랑을 받고 있는 인기 메뉴입니다.

재료(2인분)

삼겹살 혹은 돼지고기 자투리 부위 … 200그램
양파 … 1/2개
당근 … 1/2개
파 … 3~4개
취향에 따라 상추, 차조기 … 적당량
Ⓐ: 간장, 술 … 각 2큰술 + 흰깨, 설탕, 참기름 … 각 1큰술
+ 마늘, 간 생강 … 각 1쪽 분량

만드는 법

① 양파는 세로로 얇게 썰고, 당근은 어슷썰기 후 잘게 채 썹니다. 파는 5센티미터 길이로 썰어주세요.

② 돼지고기를 볼에 담아 양념을 넣고 주무릅니다. 양파, 당근을 넣고 가볍게 섞어줍니다.

③ 프라이팬을 중간 불로 달군 후 재료와 Ⓐ를 넣고 덩어리를 풀어주며 볶습니다. 채소 숨이 죽고 고기 색이 변하면 간을 보고, 싱거우면 간장(분량 외)으로 간을 맞춰주세요. 마지막에 파를 넣고 골고루 섞어줍니다. 기호에 따라 쌈 채소에 싸 먹어보세요.

2019년 12월에 '들어가며' 부분을 쓰기 시작한 이래 약 9개월의 시간이 흘렀습니다. 드디어 '마치며'를 쓰는 순간이 왔네요. 아, 정말 감개무량합니다.

그 사이 세상에 많은 일이 있었습니다. 그래요, 어쩌면 우리 모두 이런저런 일들을 끌어안고 고민하면서 어떻게든 살아가고 있는지 모릅니다.

지금 이렇게 글을 마무리 짓고 나니 제가 하던 고민들이 실제로 다 해결된 것도 아닌데, 집밥과 관련된 수많은 '○○해야 한다'라는 강박에서 조금은 해방된 듯한 기분이 듭니다.

왜일까요? 생각을 정리해서? 아니면 제가 꿈꾸던 '이상'과

깔끔하게 이별했기 때문에? 정확한 이유가 무엇인지는 알 수 없지만 왠지 모르게 그런 기분이 듭니다.

이 책을 읽고 저처럼 마음이 조금이나마 편해지거나 '요리 연구가도 별 다를 것 없네' 하는 생각이 들어 여러분이 변화하는 계기가 되면 그 이상의 기쁨도 없을 것 같네요.

'단순한 요리책이 아닌, 음식을 만들면서 힘이 나는 책을 만들고 싶다'는 제 욕심 어린 목표를 함께 이뤄주신 피아 출판사에 깊은 감사를 드립니다.

《다카기》에서의 연재가 좋은 계기가 되었는데요. 독자 여러분께서 글 한 편에 6000개 넘는 코멘트를 남겨주시고, 뜨거운 성원을 보내주신 덕분에 요리를 버겁게 느끼는 분들이 놀랍도록 많다는 사실을 실감했고, 독자 여러분을 대변해야겠다는 사명감이 들어 무사히 마무리 지을 수 있었습니다.

담당 편집자 야마모토 님, 메지로다이쇼보의 우에사카 님. 마감에 쫓겨 좌절하던 저를 따뜻하게 지켜봐주셔서 감사합니다. 적확한 조언들이 정말 큰 도움이 되었어요!

두 분이 안 계셨다면 책을 완성할 수 없었을 겁니다.

아내와 아이들.
항상 내 곁에 있어 줘서 고마워. 너희들이 있어서 즐겁든, 괴롭든(요리랑 똑같네, 하하) 최고의 하루하루를 보내고 있어. 사랑해.

마지막으로 매일 집밥을 만드느라 고생하고 계신 여러분.
제가 한마디만 드려도 될까요? 그저, 진심으로 감사합니다. 여러분들이 최고예요. 부디 세상과 가족보다 자신을 먼저 소중히 여겨주세요. 스스로를 위로해주세요. 진심으로 감사합니다.

언젠가 모두가 집밥을 즐길 수 있는 환경이 되길. 그리고 누구에게나 따뜻한 세상이 되길.

2020년 8월
고켄테쓰

저자 고켄테쓰(고현철)

요리 연구가. 1974년 오사카에서 태어난 재일 한국인 2세로, 한국 이름은 고현철이다. TV와 잡지, 강연회 등 여러 방면에서 활약하며 제철 재료를 활용한 간단하면서도 맛있는 가정 요리를 소개하고 있다. 30개국 이상을 여행하면서 세계 각국의 가정 요리를 직접 체험했다. 현재는 세 아이의 아빠로 치열한 육아를 하며 식사를 통한 가족의 성장, 남성의 가사 및 육아 참여, 음식을 통한 소통의 중요성을 알리는 데 힘쓰고 있다. 2020년 3월에 개설한 유튜브 공식 채널 'Koh Kentetsu Kitchen'의 구독자 수가 168만 명(2023년 2월 기준)을 돌파하면서 요리 유튜버로도 큰 인기를 얻고 있다.

옮긴이 황국영

서울예술대학에서 광고를 공부하고 와세다대학원에서 표상미디어론을 전공했다. 기획자, 문화마케터로 활동했으며 지금은 말과 글을 짓고 옮기는 일을 한다. 『미식가를 위한 일본어 안내서』, 『クイズ化するテレビ TV, 퀴즈가 되다』를 썼고 『모쪼록 잘 부탁드립니다』, 『그렇게 어른이 된다』, 『밤에만 문을 여는 상담소』 등을 옮겼다.

사실은 집밥을 좋아하지만
지쳐버린 이들에게

펴낸날 초판 1쇄 2023년 3월 20일

지은이 고켄테쓰

옮긴이 황국영

펴낸이 이주애, 홍영완

편집장 최혜리

편집1팀 장종철, 양혜영, 김하영, 김혜원

편집 박효주, 박주희, 문주영, 홍은비, 강민우, 이정미, 이소연

마케팅 최혜빈, 김태윤, 김미소, 정혜인

디자인 박아형, 김주연, 기조숙, 윤소정, 윤신혜

해외기획 정미현

경영지원 박소현

펴낸곳 (주)윌북 출판등록 제2006-000017호 주소 10881 경기도 파주시 광인사길 217

전화 031-955-3777 팩스 031-955-3778

홈페이지 willbookspub.com 전자우편 willbooks@naver.com

블로그 blog.naver.com/willbooks 포스트 post.naver.com/willbooks

페이스북 @willbooks 트위터 @onwillbooks 인스타그램 @willbooks_pub

ISBN 979-11-5581-589-2 03800